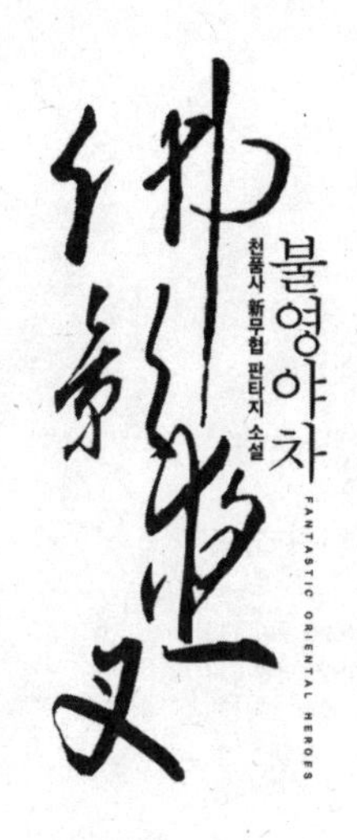
불영야차
천풍사 新무협 판타지 소설
FANTASTIC ORIENTAL HEROES

불영야차 8

천품사 新무협 판타지 소설

초판 1쇄 찍은 날 § 2019년 2월 14일
초판 1쇄 펴낸 날 § 2019년 2월 21일

지은이 § 천품사
펴낸이 § 서경석

총괄팀장 § 최하나
편집책임 § 최광훈

펴낸곳 § 도서출판 청어람
등록번호 § 제387-1999-000006호
등록일자 § 1999. 5. 31
어람번호 § 제2-2772호

주소 § 경기도 부천시 부일로 483번길 40 서경B/D 3F (우) 14640
전화 § 032-656-4452 팩스 § 032-656-4453
http://www.chungeoram.com
E-mail § chungeorambook@daum.net

ISBN 979-11-04-91936-7 04810
ISBN 979-11-04-91812-4 (세트)

불영야차

천품사 新무협 판타지 소설

8

FANTASTIC ORIENTAL HEROES

도서출판 청어람

불영야차

제삼십팔장(第三十八章)

회합(會合)

몇몇 사람이 조용히 섬서성 한중에 들어섰다.

그 면면을 강호의 인사들이 안다면 기함을 내지르겠지만, 그 사실을 확인할 수 있는 사람은 없었다.

한중에 속속 모습을 드러낸 이들은 전부 한 시대를 풍미할 고수들이었기에 어느 누구도 쉽사리 그 종적을 잡을 수 없었다.

"여긴가?"

호담정.

한중에서 가장 큰 주루이다. 될 수 있으면 적은 인원으로 오라고 하더니 이렇게 큰 주루를 빌렸을 줄은 꿈에도 몰랐다.

주루가 크고 상주하는 인원이 다른 곳보다 월등히 많은 것을 보니 가격도 만만치 않아 보였다.

그런 곳의 별채를 한 달이나 빌렸다? 눈에 띄지 않으면 이상한 일이다.

남자는 나름대로 차분하게 생각을 정리하며 안으로 들어섰다.

"처음 뵙겠소이다."

안으로 들어서자마자 호인 얼굴의 젊은 사내가 남자를 맞이했다.

'불꽃.'

타오르는 불꽃이 보였다.

"제대로 익혔군. 큰 고초를 겪었다고 들었는데 생각한 것 이상이야. 이대로라면 팔대세가의 위치는 결코 바뀌지 않겠군."

"그렇습니까?"

타오르는 불꽃을 품은 남자 구양비는 눈앞의 사내를 바라보며 미소를 지었다. 어딜 가도 쉽게 볼 수 없는 시원한 미소였다.

"거기다가 호인이라……. 구양세가는 복이 많군."

"말씀은 감사합니다만 거기까지 해주시길, 무당의 마도여."

무당의 마도라……. 뼈 있는 말이었다.

그제야 청인은 그가 큰 결례를 범했다는 사실을 깨달았다. 눈앞의 남자가 아직 어리고 무공이 온전치 않다고 해도 한 세가의 주인이다.

따지고 보면 구파의 장문인과 버금가는 신분이란 뜻이다.

"실례했군. 청인이다. 사람을 대하는 것에 익숙지 않다 보니 종종 오해를 사더군. 결코 나쁜 뜻으로 한 말은 아니니 담아두지 말게."

"소문은 익히 들어 알고 있습니다. 안으로 드시지요. 모두 기다리고 있습니다."

"내가 마지막인가?"

"마지막은 아닙니다. 아직 황실의 인사가 오지 않았으니까요. 그쪽은 시간이 좀 걸릴 모양입니다."

"그렇군."

워낙 말주변이 없다 보니 청인은 구양비의 말에 그렇게 대꾸했다.

청인은 가슴이 두근거리는 것을 느꼈다.

별채로 향하는 발걸음 앞에 무시무시한 기파가 터져 나왔기 때문이다.

안에 있는 인물들이 나름대로 무력을 과시하는 것 같았다.

'마치 이 나를 시험하는 것 같지 않은가.'

재미있었다. 그리고 동시에 알 수 없는 긴장감과 흥분이 몸을 잠식했다.

'지고 들어갈 수야 없지.'

무인들 간에 무공의 우열이 나뉘어도 절대 져줄 수 없는 것이 기세 싸움이다.

청인은 다년간의 강호행으로 그 사실을 너무 잘 알았다. 그렇게 생각함과 동시에 청인의 몸에서도 강력한 기파가 한 차례 솟구쳤다가 가라앉았다.

한 걸음도 물러서지 않는 청인을 보며 구양비는 뒤에서 입맛을 다셨다. 부러웠기 때문이다.

'언제쯤 저런 경지에 들 수 있을지.'

지금으로선 요원한 일이다. 구양비는 표정을 고치곤 청인을 안내했다.

기세 싸움은 그 정도로 끝낼 모양인지 안에서 느껴지는 기척도, 청인의 몸에서 뿜어져 나온 기파도 잠잠해졌다.

'지금은… 일에만 집중하자.'

노력하고 또 노력하다 보면 언젠가는 닿을 것이다.

구양비는 제 속을 그렇게 달래며 별채로 청인을 이끌었다.

별채는 넓었다.

한중 최고의 주루라는 명성에 걸맞은 크기와 아름다움을 담고 있었다.

구양비가 별채의 문을 열고 안으로 들어서자 네 사람의 시선이 단번에 꽂혀들었다.

신승 법륜.

화산신검 백청학.

독제 당천호.

풍운검성 남궁호원까지.

법륜을 제외한 세 사람은 새롭게 등장한 무당의 마도를 향해 호기심 어린 시선과 경계의 눈빛을 동시에 보냈다.

무당의 배덕자는 그 속을 알 수 없는 자. 제 마음대로 하는 자이기에 마도(魔道)이다.

그런 자가 어떻게 나올지 알 수 없었기에 이 정도의 긴장감은 당연했다.

청인은 그런 세 사람을 보며 희미한 미소를 지었다.

청인에 비하면 비교적 젊은이들. 쌓아온 무력이 동년배와는 비교할 수 없을 정도로 차원이 달랐지만, 그 호승심만큼은 어찌할 수 없었는지 드러내는 기운만으로도 별채가 들썩였다.

"먼 길 와주셔서 감사합니다. 오랜만이지요."

고양된 기분을 억누르지 못하는 세 사람 대신에 법륜이 자리에서 일어나 가볍게 인사를 올렸다.

어찌 되었든 강호의 선배이니 후배가 먼저 인사를 건네는 것은 당연했다. 청인은 인사를 올리는 법륜에게 고개를 끄덕였다.

"확실히 오랜만이다. 그때와는 달라. 불과 몇 년 만이건만 이제는 나와 눈높이를 맞추어도 이상하게 볼 이가 없겠다."

청인은 단번에 법륜의 경지를 꿰뚫었다.

평범한 이들은 결코 닿을 수 없는 미지의 경지. 법륜은 제대로 그 경지에 발을 들여놓았다.

'나머지는… 아직이군.'

나머지 세 사람의 면면 또한 대단하긴 했지만 법륜과 청인이 들여놓은 전인미답의 경지에는 이르지 못한 상태였다.

"그렇습니까?"

법륜은 가볍게 대꾸하며 자리에 앉을 것을 권했다.

하나 청인은 법륜의 권유에도 자리에 앉지 않았다. 그저 둘러볼 뿐이다. 나머지 세 사람을.

"나머지는 아직 부족하다. 매화는 아직 덜 여물었고, 독기는 진득하긴 하지만 여전히 가볍다. 그리고 그쪽은… 오랜만이군. 여전히 부족하긴 하지만… 확실히 다른 둘보다는 낫다."

마지막으로 시선이 간 곳은 남궁세가의 풍운아 남궁호원이었다.

"오랜만이오."

남궁호원이 입에 담은 오랜만이라는 말은 결코 호의적이지 않았다.

그는 금방이라도 검을 뽑을 것처럼 몸을 들썩였다. 일촉즉발의 상황에서 남궁호원은 금세 제 기분을 가라앉혔다.

마치 누군가 잔잔한 바람을 일으켜 그의 마음을 씻어낸 것 같았다.

"그녀가 말리지 않았다면 당신 목은 그대로 떨어졌을 거야. 명심해."

그녀라……. 남궁호원과 청인을 제외한 나머지 위인들은 그녀라는 말에 침음을 삼켰다.

그들도 높은 경지에 오른 무인이다 보니 느껴지는 바가 있는 것이다.

바람. 삽시간에 주변을 차갑게 가라앉힌 그 바람이 원인이었다.

"과연."

청인은 다른 이들의 시선은 무시한 채 남궁호원의 말에 눈을 반짝였다.

남궁호원이 장담한 것처럼 제 목이 떨어지느냐 아닌가에

그의 말을 믿기보단 그가 품고 있는 존재가 어떤 생각을 하고 있는지가 궁금했다.

"정말 그런가, 풍혼?"

"그녀의 이름을 함부로 부르지 마라!"

화아악!

문을 닫아걸은 별채에서 돌풍이 불었다. 갑작스러운 변화에 백청학과 당천호가 저도 모르게 몸을 움츠렸다가 쭉 폈다.

어느새 그들 앞에 황금빛 기막 하나가 자리하고 있었기 때문이다.

그에 당천호는 당연하다는 반응을, 백청학은 입을 떡 벌리며 경악에 빠져 법륜과 당천호를 바라보고 있었다. 당천호는 눈치껏 법륜이 한 일임을 가리켰다.

'놀랍군. 아무것도 느끼지 못했는데. 스승님께서 그리 말씀하셔도 믿질 않았는데 소문보다 더하구나.'

백청학이 놀라워하는 것과는 별개로 법륜은 더 이상 둘의 분쟁을 보고 있을 생각이 없었다.

'바람이라……. 영체인 것은 확실한데…….'

신안에 보이는 희끄무레한 것의 정체.

정확한 정체는 알 수 없지만 그것이 남궁호원의 주변을 돌며 기를 활성화시키고 있는 것은 분명했다.

그리고 활성화된 기가 만들어낸 바람의 칼날이 청인의 목에 닿을 듯 아슬아슬한 거리를 유지하고 있었다.

청인의 반응은 남궁호원이 보여준 것보다 더 놀라웠다.

완벽한 공수입백인. 검지와 중지를 이용해 눈에 보이지 않는 바람의 칼날을 잡아챈 것이다.

그와 동시에,

짜악!

손뼉이 부딪치는 소리와 함께 황금빛 경력이 넘실거리며 밀폐된 공간을 채우기 시작했다.

"두 분 다 그쯤 하시지요."

흠칫.

남궁호원과 청인은 법륜이 쏘아낸 기파에 서로에게 내치려던 손을 허공에서 붙들었다.

남궁호원의 뒤로 생겨난 수십 개의 풍검(風劍)이 스르르 모습을 감췄다.

사정은 청인도 마찬가지였다. 청인의 왼손에 머물러 있던 파괴적인 공력이 눈 녹듯 사라졌다.

'둘 다 진정으로 놀랍군.'

놀라운 일이었다.

청인의 경지야 본래 자신보다 높았으니 더 높은 곳에 있는 것이 이상하지 않았다. 하나 남궁호원은 아니었다. 내력을 체내에서 기르는 것이 아니라 밖에서 끌어오고 있었기 때문이다.

그것은 법륜이 탈태를 겪으며 이룰 수 있던 경지, 하늘과 땅과 나를 잇는 경지, 천지교통이나 다름없었다.

'헌데… 백회와 용천이 완벽하게 소통하지 못하고 있음인데 어찌…….'

법륜의 의문은 여기에서 왔다. 천지교통을 이루고 마르지 않는 내력을 구사하지만 그것은 어디까지나 자연기를 빌려오는 수준이다.

결국 중심이 되는 것은 체내, 단전이다. 남궁호원의 경우는 정반대였다. 지금껏 정석적으로만 무공을 익혀온 법륜으로선 이해할 수 없는 현상이었다.

남궁호원을 제외한 모두가 동시에 의문을 품었음을 눈치챘는지 청인이 입을 열었다.

"당연한 의문이다. 저 친구의 단전은 내가 폐했으니까."

뜻밖의 사실에 장내에 있던 모든 이의 얼굴이 꿈틀거렸다.

무당과 남궁세가의 분쟁. 그 실마리가 청인의 입에서 흘러나오고 있었다.

"저 친구의 체질이 특이해서 한 일이니 너무 놀랄 것 없다네. 나는 저 친구에게 새로운 길을 보여줬고, 누군가의 부탁을 들어줬을 뿐이야."

"중요한 것은 그것이 내가 한 부탁은 아니라는 것이지. 그렇지 않나?"

남궁호원의 언사는 거침이 없었다. 그는 한차례 법륜을 노려봤다.

마치 당신이 막지 않았다면 청인의 목을 딸 수 있었다고 시위하는 것 같았다. 청인은 그런 남궁호원의 시선을 놓치지 않았다.

"그래서 후회하나?"

후회라는 말에 남궁호원은 입을 굳게 다물었다. 후회라. 그는 결코 후회하지 않았다.

빌어먹게도 청인이 도움을 주지 않았다면 그는 영영 그만의 그녀를 만나지 못했을 테니까.

"되었소. 그 일은 더 언급하기 싫군."

남궁호원이 고개를 홱 돌리자 청인은 혀를 끌끌 차며 법륜이 처음 가리킨 자리에 가서 앉았다.

법륜은 자리에 앉은 청인과 남궁호원을 돌아보며 입을 열었다.

"두 분 다 조금 자중해 주시는 것이 어떨까 싶습니다. 이곳은 한중에서 제일 큰 주루입니다. 세간의 이목도 이목이지만, 이 자리를 주선해 준 구양세가에 폐를 끼칠 순 없는 일이지 않습니까?"

이어서 법륜의 시선이 남궁호원에게로 향했다.

"풍운검성이라 들었지요. 남궁가의 검은 중검(重劍) 중의 중검. 어째서 그런 별호가 붙었나 했더니 옆에 계신 분 때문이었군요. 실례가 많았습니다. 얼핏 알고는 있었지만 남궁 공자가 그리 드러내고 싶어 하지 않는 것 같아 인사를 못 드렸으니 실례를 용서하시길."

남궁호원은 법륜의 말에 그대로 얼어붙어 버렸다.

누구에게도 들키고 싶지 않은 비밀이 법륜의 입에서 말릴 새도 없이 흘러나오자 당혹감에 식은땀이 등줄기를 타고 내렸다.

"그리고… 청인 진인, 방금 그것, 멸옥장이었지요? 확실히 지금은 받아낼 수 있을 것 같군요. 그것이… 전력이 아니었더라도."

"재미있군. 소림에서 본 어린아이가 이렇게 컸다……."

청인은 앞자리에 앉은 남궁호원과 달리 법륜의 말이 아주 재미있다는 듯 하얀 송곳니를 드러냈다.

어린아이. 나이를 말함이 아니었다. 청인과 법륜의 연배 차이는 많아봐야 십 년이니까.

하지만 법륜은 그 말에 수긍했다. 그는 어렸으니까.

스승을 잃고 갈 길을 잃었을 때, 그 길을 제시해 준 것이 청인이었기에 그의 무례한 언사에도 고개를 끄덕이며 수긍했다.

"자자, 이런 분위기는 아주 불편해요. 거북하다고, 거북해. 그러니……."

짤랑!

"일단 술이나 한잔씩들 합시다. 그리고 해야 할 이야기가 많지 않습니까?"

남들보다 조금 가벼운 성격의 백청학이 술병을 들며 흔들었다.

그런 백청학의 노력 덕이었을까, 한 잔씩 술이 담긴 술잔을 들었을 땐 경직되었던 분위기가 한층 풀어져 있었다.

"그보다 이리 불러 모은 것은… 서신에서 전한 그들 때문인가?"

청인은 자신 때문에 경직되었던 분위기가 풀어지자 헛기침을 하며 술잔을 들어 올려 입으로 가져다 댄 채 물었다.

청인이 물꼬를 트자 묵묵히 술잔을 들던 당천호 또한 눈을 빛내며 법륜을 바라봤다.

그는 법륜의 부름이 그처럼 의외였다. 당가를 쑥대밭으로 만든 장본인이 자신을 부를 일이 어디에 있을까.

그조차도 천마신교라는 이름이 아니었다면 움직이지 않았을 일이기도 했다.

"그렇소. 그 때문이오."

법륜은 차근히 그간 있었던 일을 언급했다.

섬서성에서 마주친 괴뢰마수 황곤과 그의 주구들, 그리고 구양선을 통해 얻은 정보까지 남김없이 털어놓았다.

백청학과 청인 또한 법륜의 말에 심각한 인상을 지었다.

"그 말은 곧 온 중원에 그들의 주구가 손을 뻗었다고 봐야겠군. 그 누구도 알아채지 못한 상태로 말이지."

청인은 그 말을 끝으로 입을 꾹 다물었다. 지금의 그로선 할 수 있는 일이 별로 없었다.

그렇기에 법륜이 왜 자신들을 불러 모았는지 궁금해졌다.

"무슨 의도인가?"

"의도라……."

법륜은 모두의 시선을 받으며 조용히 목을 가다듬었다. 과연 얼마나 동조할지 알 수 없었다.

정도의 인사들만 불러 모은 이유도 그것 때문이다. 이들 자신과 이들이 속한 집단의 이해관계까지.

그럼에도 법륜은 되도록 이들 모두를 끌어들이고 싶었다.

"나는 이 중원에서 누구보다도 강력한 변수가 되고자 합니다. 이름은 천지회(天地會). 구파나 세가, 아니, 정도와 사마외도 그 모든 것을 떠나 하나 되어 싸울 수 있는 집단. 나는 그 변수를 만들고자 합니다."

"변수라……."

법륜의 말이 끝나자마자 네 사람의 입에서 탄성이 흘러나왔다.

전혀 예상치 못한 선언이었다. 청인은 법륜의 말도 안 되는 선언에 조금 당황한 것 같다가 금세 제 신색을 찾고 되물었다.

"허나 그것을 이루기 위해선 많은 것이 필요할 걸세. 이념을 초월한 집단? 비밀결사? 그런 시도를 한 곳이 과연 이전에는 없었을까?"

"아는 것이 있는 모양이군요. 그 이야기는 소림의 방장께 어느 정도 들었습니다만… 혹여 아시는 것이 있습니까?"

"물론. 그들은 아주 은밀했지."

"은밀했다……. 마치 이제는 더 이상 존재하지 않는 것처럼 말씀하시는군요."

"그래. 그들은 이제 존재하지 않아. 아니, 존재하지만 존재하지 않는다는 것이 정확한 말이겠지."

법륜과 청인을 제외한 이들은 어린 연배의 그들이 전혀 알 수 없는 강호의 비사에 놀라움을 감추지 못했다.

비밀결사의 이름은 암은당(暗隱黨). 구파의 원로들이 모여 만든 정도의 비밀결사였다.

가입 조건은 구파의 장로 이상, 그리고 필요한 것은 그 어떤 악조건 속에서도 사마에 굴복하지 않을 독심(毒心).

그들은 오랜 시간 강호를 활보해 왔다. 원이 중원을 침탈하고 멸망하기 이전, 아니, 강호에 구파가 존재할 때부터 존재해 왔다.

비록 암은당의 고수들이 원의 폭거에 맞서 사마외도의 처결보다 민생을 우선시해 최근의 활동은 축소되었지만.

법륜은 고개를 주억거리며 암은당이라는 이름을 되뇌었다.

"암은당이라는 이름이었군요. 소림의 방장께 그간의 활동에 대해선 어느 정도 들은 바가 있지만 청인 진인께서는 그런 구파의 방장보다도 더 많은 것을 알고 계시는 모양입니다?"

"그럴 수밖에."

청인의 흐릿하던 눈빛이 법륜의 두 눈으로 쏘아져 들어갔다.

"내가 암은당의 일원이니."

*　　　*　　　*

"들을수록 놀라운 이야기뿐이군요."

다섯 사람의 자리가 파하자 구양비는 법륜과 함께 구양세가로 돌아와 차를 나눴다.

구양비는 법륜의 말을 들으면 들을수록 자신이 아는 강호가 새 발의 피였음을 깨달았다.

"이미 제 손을 벗어나도 너무 많이 벗어났군요. 제 역할은 이번 회합을 주최하는 것에서 끝이겠군요."

"가주, 너무 아쉬워하지 마시오. 그대의 일은 여기서 끝이 아닐 터이니."

"끝이 아니라… 끝이더라도 상관없소."

구양비는 법륜의 말에도 전혀 아쉬워하지 않았다.

이미 세가 내에서 구양비의 입지는 공고해졌다. 각 파에 배첩을 돌리면서 인맥을 쌓았고, 가내의 무인들과 손발을 맞추며 내실을 다졌다. 그거면 충분했다.

"그보다 무당의 마도가 암은당이라는 곳의 일원이었을 줄이야. 상상도 못했습니다."

"그것은 저도 마찬가지입니다."

법륜은 구양비의 말에 마주 고개를 끄덕였다. 암은당의 청인. 전혀 생각지도 못한 조합이다.

무당의 인사 중에서도 도무지 제어가 안 되는 인물. 그것이 청인이었다.

그런 무당의 인사가 암은당의 명령을 받고 움직인다? 생각지도 못한 일이다.

"헌데… 언제까지 제게 그렇게 존대를 하실 생각입니까?"

법륜은 구양비를 향해 조심스럽게 물었다.

본래라면 법륜이 굳이 구양비에게 존대를 받아야 할 일은 없었다.

본래대로라면. 하지만 구양연이 숭산으로 찾아왔을 때부터 관계는 역전되었다. 구양비는 구양세가의 가주이기 이전에 구양연의 오라비.

세가로 돌아오기 한 달 전, 그러니까 구양연이 숭산에 찾아와 법륜과 만난 뒤부터 둘의 사이는 급속도로 가까워졌다.

보통의 남녀 관계가 그러하듯 두 사람은 서로에게 빠져들었다.

게다가 법륜은 본디 승려의 신분으로 평생을 살아온 이. 여인에 대한 면역 같은 것이 있을 리 없었다.

그런 법륜을 옆에서 지켜보던 해천은 넌지시 구양연에게 혼담을 제시했다.

정확히는 구양연의 편에 서신을 전달했다. 법륜의 숙부로서 충분히 할 수 있는 일이었다.

법륜은 그런 해천의 돌발적인 행동에 몹시 당황했으나 이내 곧 체념했다.

아니, 체념이 아니었다. 그저 자연스럽게 받아들였다.

'어쩌면 나 또한 그러길 바라고 있었는지도.'

그렇기에 법륜은 구양비의 앞에 섰다.

강호의 선배나 신승이라는 별호를 가진 무인이 아니라 한 사람의 남자로, 인간으로 구양연의 손을 붙잡고 구양비 앞에 섰다.

“아직 혼사가 진행된 것은 아니니 지금 당장은 그저 편한 쪽으로 불러주시지요. 때가 되면 순리대로 흐르겠지요.”

언젠가 구양연과 혼인을 하게 되면 누구나 그러는 것처럼 그에게 매형이라 부르지 않겠느냐는 뜻이다. 법륜은 그런 구양비의 뜻을 존중했다.

“그렇다면… 그때까지는 구양 가주라 부르겠습니다.”

“그러시지요. 헌데 다들 반응은 좀 어떠시오?”

“반응이라…….”

법륜은 네 사람을 떠올리자 머리가 아파왔다.

암은당이라는 폭탄을 터뜨린 청인, 그런 청인을 향해 날카로운 기세를 드러내는 남궁호원, 언제나 가벼운 태도로 일관하는 백청학, 그리고 법륜에겐 고분고분하지만 다른 사람들에게만큼은 독기를 드러내는 당천호까지.

“쉽지는 않더이다. 헌데… 조 위사는 어디에 있소? 분명 시일을 맞추겠다는 이야기를 들었는데…….”

“그것은…….”

구양비 또한 의외였다. 조비영은 칼같은 남자였다. 개방을 통해 넘겨받은 정보엔 그의 엄격함과 맺고 끊음이 분명한 성격에 후한 평을 주고 있었으니까.

모략과 술수를 거리낌 없이 사용하는 황실의 다른 인사들과는 분명히 다른 평이었다.

"조금만 더 기다려 보도록 하지요."

하지만 그 기다림은 말을 끝맺고 열을 세기도 전에 끝이 났다.

"그만 기다려도 되오. 여기 왔으니."

밖에서 들려온 목소리.

법륜과 구양비는 갑작스럽게 들려온 목소리에 급히 문을 열고 밖으로 나섰다.

"조 위사!"

"아아, 생각한 것 이상으로 격한 환영이로군."

어둠 속에서 드러난 조비영의 모습은 처참했다. 온몸에 낭자한 자상은 차치하고라도 가슴을 길게 가로지르는 검상은 그의 생명마저 위태롭게 만들고 있었다.

"거기 누구 없느냐! 의원! 의원을 데려오라!"

조비영의 심상치 않은 상세에 구양비가 크게 소리쳤지만 답하는 이가 없자 직접 의원을 불러오기 위해 자리를 박차고 일어섰다.

조비영은 그에 아랑곳하지 않고 입을 열었다.

"구양 가주, 그리 호들갑 떨 일 없다. 그저 일이 좀 있었으니."

"내가 청한 손님이 이리 상처를 입고 가문에 발을 들였소. 어찌 가문의 주인 된 자로 가벼이 여길 수 있겠소. 잠시만 기다리시오."

"허, 듣지도 않는군."

구양비가 저 멀리 멀어져 가자 조비영은 계단에 기대 하늘을 바라봤다.

법륜은 조비영의 지친 어조에서 의문을 느꼈다. 조비영은 그와도 자웅을 결할 만큼의 고수인 까닭이다.

"그대를 이렇게 곤란하게 만들 사람은 별로 없을 터인데?"

"사람이었다면 그랬겠지."

법륜은 조비영의 가벼운 말투에서 그가 겪었을 상황을 단번에 이해했다.

그러고 보니 언제나 팔에 두르고 있던 금빛 패가 보이지 않았다.

"금의위에게 쫓기는 건가?"

"쫓겼었지. 이제는 다 떨쳐냈다. 죽이지 않으려니 좀 힘들더군."

"황금포쾌에게 미운털이 박혔나 보군."

"미운털이라……. 정확하군. 하지 말라는 것을 억지로 하겠다고 나섰으니 그럴 수밖에."

"어째서지?"

법륜은 진중한 눈으로 조비영을 바라보며 물었다.

"뭐가 말이지?"

"어째서 그렇게 위험을 무릅쓰지? 사실 나는 그대의 참여를 전혀 기대하지 않았어. 황실의 입장에선 그것만큼 곤란한 일은 없을 테니까. 그래서 난 당신에게 황실과 우리의 입장을 조율하는 역할을 맡기려 했지. 그런데 왜 금의위 자리까지 박차고 나서야만 했지?"

"글쎄… 그것은 나도 말해줄 수가 없군. 이쪽도 사정이 있는지라."

"그렇게 나온다면 이쪽도 달리 방도가 없다. 미안하지만… 그쪽은 참여할 수 없겠다."

"그것은 곤란한데? 이쪽은 이번 일에 사활을 걸었다. 청할 때는 언제고 이제 와서 발뺌할 생각인가?"

법륜은 조비영의 강경한 어조에 잠시 멈칫했다가 고개를 끄덕였다.

뭔가 있다. 단지 그것이 무엇인지 알 수 없을 뿐이다.

타심통을 쓴다면 그 의도야 명명백백하게 드러나겠지만 법륜은 굳이 조비영의 속마음을 읽지 않았다.

대신 한마디를 내뱉었다.

"당신… 꼬리를 달고 왔군."

조비영의 뒤를 따라붙은 이는 알았을까.

지금의 구양세가가 용담호혈이라는 것을. 한 성의 패주를 자처해도 될 이들이 무려 다섯이나 모여 있다.

"꼬리? 그럴 리가 없을 텐데."

조비영은 꼬리라는 말에 땅에 박아 넣은 검을 다시 꺼내 들고 주변을 경계했다.

법륜은 다시 일어서려는 조비영을 제치며 앞으로 나섰다.

"일단 그대는 쉬도록. 이야기는 상황이 정리되면 듣지."

화아악!

법륜이 한 걸음 앞으로 나서자 황금빛 기파가 사방을 휩쓸었다.

법륜이 기파를 드러내기가 무섭게 매서운 살기가 앞에 선 법륜이 아닌 조비영을 향해서 쏟아졌다.

"어딜!"

법륜이 손을 흔들자 넘실거리는 기파가 조비영의 앞을 막아섰다.

그게 끝이 아니었다.

법륜이 기파를 사방에 터뜨리자 각자의 방으로 돌아간 이들이 문을 박차고 나섰다.

“웬 쥐새끼들이 이렇게 많아?”

백청학은 화산의 절기라는 암향표로 밤하늘을 수놓았다. 뽑아져 나오는 검은 이십사수매화검법.

백청학의 검이 움직일 때마다 허공에 매화가 피어오르며 짙은 향을 내뿜었다.

“검향(劍香)?”

청인 진인은 백청학이 뿌려대는 화산의 정수에 놀라움을 금치 못했다.

이제는 화산에서도 사라진 지 오래라는 전설을 목도했으니. 검향지경은 같은 도가에 뿌리를 둔 무당의 도사로서 충분히 놀랄 만한 일이었다.

“실수했군. 덜 여물었다는 표현은 저 친구에겐 어울리지 않겠어.”

청인은 앞에서 날뛰는 백청학을 일견한 뒤 거칠게 손을 뿌렸다.

무당의 자랑이라는 면장에 십단금을 녹여 만든 그만의 무공, 멸옥장이었다.

스읍!

스으읍!

보통의 장공과는 다르게 일말의 파공음도, 기세도 없이 적들을 빠르게 무너뜨렸다.

청인은 담장을 넘어 날아드는 적들을 무너뜨린 뒤 재빠르게 법륜을 향해 다가섰다.

"숫자가 너무 많다. 전부 다 보호할 수는 없어."

살수(殺手)를 가해도 되겠냐는 뜻이다. 그리고 선택하라는 의미이기도 했다.

이쪽이 망설일수록 피해를 보는 것은 이들이 아닌 무공을 모르는 이들뿐이니.

"허나 아직 확인을 하지 못했소."

"확인은 한 놈만 살아 있으면 된다. 그놈에게 확인하면 그만이야."

법륜은 청인의 말이 끝나자마자 조비영에게 다가섰다. 조비영은 이미 체력이 다했는지 자리에 주저앉아 숨을 헐떡이고 있었다.

"조 위사, 아니, 이제는 금의위가 아니니 위사라고 부를 일도 없겠군. 조 공자라 부르겠소. 조 공자, 언제부터인지 짐작 가는 것이 있소?"

"짐작… 짐작이라……. 아무리 생각해 봐도 모르겠군. 눈에 익은 움직임도 아니오. 황실의 인사였다면 내가 못 알아볼 리가 없지."

그 말은 곧 황실 말고도 이쪽에 볼일이 있는 자들이 있으며, 그를 위해 조비영을 미행하고 급습했다는 것이다.

"일단… 상황을 정리해야겠다."

법륜은 그간 꾹꾹 눌러 담아놓은 금강령주의 봉인을 단번에 풀어버렸다.

중단이 열리고 상단과 하단으로 길을 연결하자 폭발적인 기세가 사위를 잠식했다.

이번 기파에는 가까이 있던 청인도 놀랐는지 몸을 움찔거렸다.

"진인, 사람들의 안전을 부탁하오."

퍼엉!

땅거죽이 터져 나가며 법륜의 몸이 사라졌다.

콰앙!

콰아아앙!

희끄무레하게 법륜의 몸이 나타났다가 사라질 때마다 굉음이 일어나며 갈가리 조각난 살점들이 하늘에 비산했다.

일격일살(一擊一殺).

법륜의 손속은 이전과 다르게 무척 잔혹했다.

오죽하면 그와 함께하던 구양세가의 무인들마저 인상을 찌푸렸을까.

하나 법륜은 그런 움직임을 멈추지 않았다.

이유는 적들에게 있었다. 손끝에 걸린 느낌. 그때와 똑같았다.

약 두 달 전, 서가로의 빈민가에서 마주한 괴뢰마수의 수족들. 자유의지를 잃고 인형으로 전락한 불쌍한 이들에게서 느낀 그 기분 나쁜 느낌이 너무도 똑같았다.

"손속에 사정을 두지 마시오! 괴뢰술에 걸린 인형이나 다름없으니!"

법륜은 인형의 팔다리에 달린 실을 끊어내듯 수도로 강기의 칼날을 만들어 날려 보냈다.

수도로 강격을 날릴 때마다 괴뢰술로 조종당하던 인형들이 우수수 무너졌다.

"어디냐!"

법륜이 인형들 한가운데서 소리치자 작게, 아주 작게 손바닥 부딪치는 소리가 들렸다.

짝짝!

"생각보다 반응이 빠르시네, 신승 법륜?"

"너는……!"

법륜이 경악한 이유. 그것은 다름 아닌 박수를 치며 나타난 이 때문이었다.

어린아이의 얼굴과 몸집, 그에 어울리지 표정과 행동까지. 위화감이 가득 담긴 모습에 절로 이가 갈리는 법륜이다.

"그 모습……!"

법륜이 이토록 분노하는 이유는 하나가 더 있었다. 그때와는 얼굴이 달랐기 때문이다.

그때 죽은 어린아이가 진짜 황곤이었다면 이렇게 다른 얼굴로 똑같은 분위기를 내며 나타날 수는 없는 일이니까.

그 말은 곧 그때와는 다른 아이라는 뜻이다.

"황곤, 도대체… 도대체 몇 명이나 희생시킨 것이냐?"

단번에 목을 부러뜨리려는 듯 접근하는 법륜에게 황곤은 두 손을 들어 싸울 의사가 없음을 전달했다.

"워워! 일단 전언부터 들으시지요."

"전언?"

"네, 전언이요. 이 전언을 듣고 판단해도 괜찮지 않겠습니까? 이 쓸모없는 인형들은 잠시 멈춰두고. 에잇!"

황곤이 장난스럽게 손을 휘젓자 세가를 습격하던 꼭두각시 인형들이 일시에 움직임을 멈추고 그 자리에 허물어졌다.

황곤은 이들의 반응이 즐겁다는 듯 낄낄대며 웃었다.

인형들이 쓰러지자 백청학이 검을 고쳐 쥐고 달려들려는 찰나, 황곤이 다시 손을 움직이자 쓰러진 인형이 금세 몸을 일으켜 세웠다.

"자자, 흥분들 하지 마시고."

황곤은 금방이라도 달려들려는 이들을 제지한 채 품에서 묵빛 두루마리 하나를 꺼내 들었다.

"음음, 그럼 전언을 전하겠습니다. 천마신교의 위대한 신으로서 명하노니…….”

이어지는 내용은 전언과는 전혀 달랐다. 하지만 그 파급력은 전언 따위와는 비교가 되지 않을 정도로 놀라웠다.

“이건…….”

황곤의 입에서 뱉어진 전언.

그것은 전언(傳言)이 아닌 진언(眞言), 주술이었다. 한어와는 달리 알 수 없는 언어로 이루어진 주술에 일행은 속수무책이었다. 정확히는 일행을 제외한 구양세가의 무인들이 문제였다.

“크아악!”

“커어억!”

피를 토하며 쓰러지는 무인들. 황곤은 그 광경을 보며 재미있는 경극을 관람하는 사람처럼 손뼉을 치며 좋아했다.

하지만 그것도 잠시, 거칠게 사자후를 뱉어낸 법륜에 의해 두루마리에서 펼쳐지는 주술이 뚝 끊기자 황곤은 인상을 찌푸렸다.

‘무슨……?’

의아한 점은 또 있었다. 법륜이 황곤을 향해 눈빛을 보낸 것.

황곤이 의아함을 깨닫기도 전, 날카로운 검세가 목을 노리고 날아들었다.

황곤은 급하게 땅에 몸을 굴려 목을 노린 공세를 비켜냈다.

황곤의 목을 노리고 검을 날린 사내 남궁호원은 무심한 눈빛으로 황곤을 노려봤다.

하나 황곤은 그런 남궁호원의 무심한 눈길에도 여전히 천진난만한 미소를 지으며 호들갑을 떨었다.

"이크! 안 됩니다, 안 돼요. 이 몸은 꽤 귀한 몸이라 이리 쉽게 내어줄 수 없어요. 구하기 어려운 것이란 말입니다."

"네놈, 이상한 사술을 쓰는군."

"괴뢰술이다. 어린아이의 몸을 빌려 나타나는 것을 즐기는 기이한 놈이지. 이십 년 전에도 본 놈이니 본래는 나이 백 살쯤 먹은 노괴가 아닐까 추측하지만."

남궁호원의 혼잣말에 답을 한 것은 뒤에서 상황을 주시하고 있던 청인 진인이었다.

그는 황곤을 잘 알았다. 암은당에서 활동할 당시에도 많이 부딪친 적이 있고, 번번이 그의 손을 빠져나간 기이한 사술을 부리는 괴뢰술사.

"어허, 남의 정체를 그리 쉽게 까발리면 안 되지요. 그나저나 마정(魔精) 때문에 쉽게 움직이지 못할 줄 알았는데 놀라운 얼굴이 여기에 또 있네요."

황곤은 청인을 보며 다시금 낄낄거리며 웃었다.

하지만 그 속내는 겉으로 보이는 경박함과는 차원이 다르게 긴장하고 있었다.

'마정을 떠넘겨 놓으면 움직이지 못할 거라 생각했는데…….'

청인은 눈앞의 신승이나 못 보던 얼굴들과는 차원이 다른 인물이었다.

무공을 논하는 것이 아니었다. 그의 경험과 지닌 특별한 능력이 문제였다.

그는 황곤 자신이나 중원에 나와 있는 노마들과 달리 젊은 연배임에도 언제나 신교의 인사들을 당황하게 만든 전적이 있었다.

'그래도 이번엔 그리 쉽게 당해줄 수 없지.'

황곤은 청인의 눈치를 살피는 한편, 아직까지 서 있는 이들을 향해 한차례 시선을 돌렸다. 결코 쉽지 않은 자들이다.

'뭐, 수틀리면 몸을 버리면 되겠지만… 아까운 것은 사실이지.'

어차피 이 자리에서 이들을 모두 이겨내는 것은 불가능에 가까웠다.

애초에 이곳에 모습을 드러낸 이유 또한 그들의 멸절이 아닌 흔들기에 있었으니까.

'그렇다면.'

황곤은 조금 전과는 다른 차분한 목소리로 다시 입을 열었다.

"여기에 계신 분들은 그 사실은 알고 계시나요? 사실 저 청인 진인이……."

파앙!

황곤이 재차 입을 열기도 전에 청인 진인의 멸옥장이 땅거죽을 뒤집었다.

마치 그의 입에서 나오는 말이 커다란 비밀이라도 되는 양 잔뜩 표정까지 구긴 채로.

"이제 보니 아직 밝히지 않은 모양이군요. 그렇다면 제가 그 비밀을 깜짝 폭로하는 것도 좋을 것 같네요."

황곤은 오방(五房)을 점하고 선 이들을 향해 화탄을 떨어뜨렸다.

"여러분은 마정이 뭔지 아시나요? 제가 인간 같지도 않은 놈이라는 소리를 많이 듣기는 하지만… 아마 저 청인 도장의 진실한 정체를 알게 되면……."

"그만!"

청인은 이어지는 황곤의 말을 급히 끊었다. 들을 가치도 없다는 듯 정색을 했지만 그것이 오히려 역효과를 내었다.

법륜을 포함해 이 자리에 서 있는 모두가 청인의 얼굴을 바라보자 청인은 허탈한 표정으로 얼굴을 찌푸렸다. 마치 될

대로 되라는 식이다.

"마정은… 아주 특별한 마인의 뱃속에서 꺼낸 구슬이에요. 조금 특별하기는 한데… 들어는 봤나 모르겠어요. 월인(月人)이라는 존재를. 비록 반쪽짜리이긴 하지만 저 청인 도장은 가증스러운 인간의 탈을 쓴 명백히 다른 존재이니까요. 아마 저 배를 가르면 똑같은 마정이 우수수 떨어질지도 모르지요."

"네 말을 어떻게 믿지? 그는 자유분방하기는 하지만 마기는 느껴지지 않았다."

당천호의 물음에 황곤은 됐다는 표정으로 히죽 웃었다.

"느껴지는 독기로 보아… 사천당가의 자제이신가 봐요? 어쩌나. 당가는 이 사실을 잘 모를 텐데. 아니다. 알려나? 들어본 적이 있으신가요, 월랑효인(月狼曉人) 진미령이란 사람을?"

퍼억!

더는 떠드는 것을 들어줄 수 없다는 듯 청인의 멸옥장이 황곤의 머리를 박살 내자 황곤이 그 자리에서 허물어졌다.

하지만 끝끝내 황곤의 입은 다물리지 않았다.

마치 부서지기 일보 직전의 인형처럼 턱을 달싹였다.

"월랑효인 진미령은……."

이윽고 황곤의 입이 멈추자 청인은 무척 곤란하다는 듯 장내에 모인 이들을 돌아봤다.

그 표정은 마치 들켜서는 안 될 비밀을 들킨 사람처럼 일그려져 있었다.

황곤의 머리가 청인의 장력에 터져 나가자마자 법륜은 일이 잘못되었음을 직감했다.

황곤이 숙주로 삼은 어린아이의 죽음이 잘못된 것은 아니었다.

어차피 황곤이 괴뢰술을 펼치고 나면 숙주가 된 이는 이지를 잃고 꼭두각시가 되기 때문이다.

그럼에도 법륜이 입술을 깨물 수밖에 없는 이유는 황곤이 마지막에 한 말 때문이다.

다른 이들은 어떨지 모르겠으나 법륜만큼은 똑똑히 보았다. 아니, 똑똑히 들었다. 타심통을 타고 전해진 황곤의 전언이.

'청인 진인이… 인간이 아니다?'

쉽게 믿기 어려운 이야기다.

청인은 인간의 모습을 하고 있고, 하는 행동도 생각도 그 누구보다 인간다웠다.

본인이 늘 입에 달고 다니는 인간사에 어둡다는 말이 잘 와닿지 않는 이였다.

"방금 저자가 한 이야기는… 내 따로 설명하지."

청인은 머리가 터져 나간 황곤의 숙주를 보며 참담한 심정으로 입을 열었다.

감추고자 한 비밀을 알고 있는 이는 단 하나뿐이었다. 그의 스승인 검선. 하나 이제는 그 숫자가 다섯 손가락을 넘어갔다.

“그 이야기가 분명 중요한 것임에는 틀림없겠지요. 허나 지금은 이 자리를 정리하는 것이 우선입니다.”

법륜은 차분한 어조로 기가 들끓고 있는 청인을 진정시켰다.

청인의 사정도 중요하지만 지금은 황곤이 가져온 두루마리가 펼친 진언에 당해 땅에서 신음하고 있는 무인들을 수습하는 것이 우선이었다.

“맞소. 주술이라……. 의술을 제대로 배우지 않은 터라 이들을 치료할 수 있을 것이라 확신할 수는 없지만… 하는 데까지는 해봐야겠지.”

그나마 이 중에서 의술에 조예가 있는 당천호가 땅에 쓰러진 구양세가의 무인들을 이리저리 들추며 맥을 짚고 다녔다.

그때, 조비영을 위해 의원을 데리러 간 구양비가 온몸에 피를 잔뜩 묻힌 채 분노한 표정으로 장내로 들어섰다.

그의 뒤에는 언제 와 있었는지 여민원의 의원 다수가 함께하고 있었다.

"가주."

법륜이 구양비에게 황곤의 시체를 눈짓으로 가리키자 구양비의 눈이 섬뜩하게 번쩍였다.

"신승, 대체 이게 어떻게 된 일이오?"

"괴뢰마수 황곤. 저번에 내가 죽인 것은 진짜가 아니었더군. 이번에도 마찬가지."

"진짜? 그럼 저기 죽어 있는 자가 황곤 본인이 아니라는 뜻이오?"

"그렇소. 그에 대한 것은 청인 진인이 확인해 주었으니 믿어도 좋겠지. 그보다 우선 의원들에게 수습을 맡기고 나랑 이야기 좀 합시다."

그 말에 구양비가 법륜을 이끌고 간 곳은 호담정의 별채가 아닌 구양세가의 가주전이었다.

그의 허락 없이는 그 누구도 들어올 수 없는 곳. 옳은 판단이었다.

'확실히 성장했군.'

앞으로 가족이 될지도 모르는 사이이다.

천마신교가 발호하겠다고 당당하게 선언한 마당에 구파나 팔대세가의 주인이란 위치는 언제 떨어질지 알 수 없는 위태로운 것.

그 속에서 한 가문의 가주로 확실하게 성장한 구양비는 법륜에게 일말의 안도감을 선사했다.

"가주, 상황이 복잡하게 되었소."

"그게 무슨 말입니까? 피해가 좀 있기는 했지만… 어쨌든 상황은 수습했는데. 혹여 또다시 황곤이라는 자가 습격해 올 것이 걱정입니까?"

"그런 것이 아니오."

법륜은 가주전 바닥에 발로 두 글자를 그렸다.

무당.

무당이라는 글자에 구양비는 눈을 찌푸렸다. 지금 구양세가에 있는 무당의 무인은 단 하나뿐이다.

청인 진인. 그가 이번 일에 주된 문제라는 뜻이다.

'허나… 그는 무당의 제자. 비록 마도라는 이름을 뒤집어쓰고는 있지만…….'

경계할 인사는 아니었다.

그런 구양비의 의문은 법륜의 전음 한마디에 산산이 부서졌다.

[그의 과거가 나의 과거와 같소.]

이미 구양연을 통해 법륜의 신상에 대한 내력을 전해 들은 구양비다. 법륜은 불존 무허가 거둔 마인의 자식. 그 과거와 청인의 과거가 같다 함은 그 또한 마인의 자식이라는 뜻이다.

"그렇군. 이제야 모든 것이 이해가 되는군. 그랬어. 그랬던 거야."

구양비는 과거 무당이 보인 행보에 대한 의문이 풀리는 것을 느꼈다.

무당의 검선이 그렇게까지 마도라는 별호를 얻은 제자를 비호한 이유.

그가 마인의 핏줄이라는 사실이 알려지면 검선 또한 그를 보호할 명분이 없어지기 때문이었다.

"헌데 그것이 그리 문제 될 것이 있습니까? 이 사실은 웬만한 사람이 아니라면 알 수 없는 것일 텐데요."

"황곤의 나풀거리는 입이 모든 것을 밝혔소."

"그런……."

법륜 또한 구양비의 생각에 동의했다. 황곤이 밝힌 비밀을 듣기 전에는.

단순하게 마인의 핏줄이라는 것이 문제가 되는 것이 아니었다. 문제는 황곤이 마지막에 한 말.

"월랑효인 진미령은 인간이 아니다. 그녀의 핏줄인 청인 또한 그러할까?"

"일단… 일단은 함구하도록 합시다. 내 청에 의해 모인 이들에게도 당부해 둘 터이니 가문 내의 입을 단속해 주시오. 부탁드리겠소."

"알겠습니다."

어찌 될까. 구양비는 문을 열고 밖으로 나서는 법륜의 등을 보며 생각했다.

"이번 회합은……."

어쩌면 아무것도 남기지 못하고 손해만 보고 끝날지도 모르겠다는 생각이 들었다.

*　　*　　*

법륜을 제외한 이들은 별채에 모여 있었다. 당사자인 청인이 입을 굳게 다물고 있으니 입이 가벼운 백청학도 쉽게 입을 열지 못했다.

그들의 침묵은 법륜이 구양세가에서 돌아올 때까지 계속됐다.

"모두 여기에 계셨군요."

"왔군."

조비영은 상체에 붕대를 둘둘 감은 채 술잔을 기울이고 있었다.

상처가 위중함에도 그는 답답함에 속이 타는지 연거푸 잔을 들이켰다.

"술은 상처에 별로 좋지 않을 텐데요."

"조절하고 있다. 신경 쓰지 마라."

법륜은 조비영의 행태를 말릴 생각이 없었다.

그는 높은 경지에 오른 무인이었고, 원한다면 언제든 취기를 체외로 배출할 수 있는 능력을 가진 자였다.

그런 자가 술을 마시고 싶다는데 굳이 나서서 지적할 필요는 없었다.

"올 사람은 다 왔군. 이제 입을 열 텐가?"

조비영이 술잔을 들어 청인을 향해 던졌다. 술잔 안에 담긴 술이 찰랑거리며 천천히 청인을 향해 날아갔다.

놀라운 경지의 격공섭물이다.

청인은 진기가 가득 담긴 술잔을 아무렇지도 않다는 듯 가볍게 잡아챘다.

"그래, 이야기를 들려주지."

청인은 법륜이 떠나간 사이 생각을 정리한 모양이다. 그의 입은 거침이 없었다. 시작부터 강력했다.

"나는 마인의 핏줄이다."

마인의 핏줄이라는 말에 화산의 백청학이 눈을 부릅떴다.

파마와 멸사에 온 힘을 기울이는 화산의 제자다운 반응이다.

반면, 가장 늦게 합류한 조비영과 당천호, 남궁호원의 반응은 무덤덤했다.

황실의 인물로 수많은 마인을 직접 본 적이 있는 조비영은 청인의 말에 그게 무슨 대수냐는 반응이었고, 비교적 사마외도의 성향이 짙은 당가 출신의 당천호는 흥미롭다는 듯 고개를 끄덕였다.

마지막으로 남궁호원은 이미 알고 있었다는 듯 피식거릴 뿐이다.

"그것뿐이라면 별문제가 될 일은 없겠지."

문제가 되는 발언은 그 뒤에 이어졌다.

"나는 인간이 아니다. 정확히는 인간의 피를 반만 타고났다고 봐야겠지."

인간이 아니라는 말에 남은 법륜을 제외한 네 사람은 얼빠진 표정을 지어 보였다.

도무지 믿을 수 없는 이야기가 청인의 입을 통해 흘러나왔다.

"내 어머니… 그러니까 황곤이 말한 월랑효인 진미령은… 인간이 아니었다. 하지만 금단의 사랑에 빠져 나를 잉태했고, 결국 태어났다. 내 부모는 그런 나를 무당에 맡겼지. 검선은,

스승님은… 아무 조건 없이 나를 받아주셨다."

청인은 목이 타는 듯 조비영이 건넨 술잔을 단숨에 들이켰다.

"당시의 스승님께선 지금과 같은 힘이 없었지. 그래서 무당의 원로들조차 이 사실은 몰라. 무당에서 아는 사람이라면… 스승님과 장문인 정도일까."

"그렇다면… 당신은 도대체 뭐지?"

인간이 아니라고 했다. 그렇다면 무엇인가? 조비영의 물음에는 거침이 없었다.

그는 놀라지도 않은 것 같았다. 정확히는 그럴 수도 있겠다는 표정이었다.

"이미 짐작하고 있지 않나?"

"그렇군."

조비영을 위시한 모두가 고개를 끄덕였다.

모친인 진미령의 별호 월랑효인. 그렇다면 청인 또한 그의 부모와 같으리라.

"놀라지 않는가? 아니, 혐오스럽지 않는가?"

"무엇이?"

"인간이 아니라는 사실이."

"뭐, 처음 본 것도 아니고… 몇 번 본 적이 있다. 당신과 같은 수인(獸人). 황실의 옥에는 별의별 것들이 다 있지."

그 말에 당천호 또한 동조했다.

"그렇군. 그리고 여기 특별한 친구도 있지 않는가."

당천호는 남궁호원을 향해 눈길을 줬다.

같은 팔대세가이면서도 별다른 왕래가 없던 두 사람이다. 특별한 친구. 남궁호원이 지닌 내력을 말함이리라.

남궁호원은 갑작스럽게 튀어나온 자신의 이름에 품에 안고 있던 검을 강하게 움켜쥐었다.

그 또한 남들과는 다른 인생을 살아왔다. 청인에게 단전이 폐해지고 피폐한 삶을 살던 나날, 그리고 찾아온 기연까지.

자신이 남들은 가질 수 없는 특별함을 가졌다는 사실에 기쁘면서도 그 사실을 결코 쉽게 드러낼 수 없었다.

'귀신에 씐 것처럼 봤지.'

그 뒤는 말 안 해도 뻔했다.

가문의 유폐, 그리고 계속되는 술사들의 방문, 가주인 부친이 보내는 차가운 시선까지. 풍혼이 아니었다면 그대로 미쳐서 자살했을지도 모를 일이었다.

"특별하다……."

"왜, 이상한가?"

"아니, 처음 들어보는 말이어서. 특별하다……."

"당신 또한 같다."

당천호는 주변을 둘러보다 마지막으로 청인을 향해 입을

열었다.

"나는… 야망이 넘치던 인물이었다. 그리고 그 야망을 이룰 실력도 있다고 믿었지. 헌데 이 세상엔 내 상상을 뛰어넘는 이가 넘쳐나더군. 마인의 핏줄? 반인반수? 그것이 중요한가? 당신들이 아니더라도 이 세상엔 괴물이 넘쳐나. 나는 진정 괴물이라면……."

당천호는 조심스럽게 손으로 법륜을 가리켰다.

"저 정도는 되어야 괴물이라고 말할 수 있겠지."

괴물.

무공의 괴물이다.

목숨을 걸고 싸운다면 결과가 어찌 될지 쉽게 짐작할 수는 없지만, 단 한 가지만은 분명하게 말할 수 있었다.

지금 당장은 몰라도 앞으로 이십 년, 삼십 년이 흐른다면 그 누구도 저 괴물을 따라갈 수 없을 것이라고. 마치 죽이고 짓밟아도 끊임없이 튀어나오는 소림의 저력처럼.

"왜 갑자기 날 걸고넘어지나?"

당천호의 지적에 이 중에서 백청학 다음으로 어린 나이임에도 법륜은 마치 백 년을 넘게 산 노물(老物)처럼 굴었다.

그 또한 청인의 내력이 대수롭지 않다는 듯 능청을 떨었다.

하나 단 한 사람.

화산의 신검 백청학은 이들처럼 대수로울 수 없었다.

"나는 받아들일 수 없소. 외형? 인성? 그딴 것은 상관없소. 괴물이 인간의 탈을 쓰고 있어도 본질은 변하지 않을 테니."

*　　*　　*

"역시 그런가."

청인은 복잡한 심경이 담긴 얼굴로 좌중을 둘러봤다.

그의 얼굴엔 이전에는 볼 수 없던 간절함마저 담겨 있었다.

인간이 아니라는 비밀, 그것은 청인의 오랜 약점이었고 무당의 도사로서 떳떳하게 활동하지 못하게 만든 역린이었다.

'그날… 내가 괴물이 되던 순간에 나는……'

이성을 잃었다. 받아들일 수 없었다.

누구나 우러러보는 검선을 스승으로 모시고도 엇나간 이유가 그것이지 않는가.

굳은 얼굴로 침묵하는 청인을 대신해서 당천호가 입을 열었다.

"상관할 바 있나?"

명백하게 백청학을 노리고 던진 말이었다. '네가 상관할 일이 아니다'라는 한마디로 당천호는 백청학과 선을 그었다.

사마외도를 병적으로 미워하는 화산의 기풍과 정도무림에서 외도에 가까운 길에 한 발을 걸친 당가의 첨예한 대립이 만들어낸 벽이다.

"당가는 빠져라. 반편이들이 어디서……."

당천호는 반편이라는 말에 눈을 부릅떴다.

독과 암기를 주로 사용하는 당가를 비꼬는 말이 반편이였기 때문이다.

하나 그는 한숨을 한번 내쉬곤 더 상대하기 귀찮다는 듯 손을 흔들었다. 백청학의 도발에 순순히 넘어가지 않겠다는 뜻이다.

'확실히 다르군.'

법륜은 두 사람의 대립을 지켜보며 머릿속에 백청학에 대한 정보를 수정했다.

화산의 기풍은 엄격하다. 산이 사람을 만든다고 했던가. 깎아지른 듯한 절벽 위의 작은 암당에서 생활하는 이들은 성격이 올곧고 가부가 확실한 사람들이었다.

어떻게 보면 편협하다고 느낄 정도로 타인에게도 스스로에게도 엄격한 이들이다.

'그런데… 떠본다?'

하나 백청학은 달랐다.

말은 거칠고 정도 이외에는 아무것도 받아들일 수 없다는 태도를 보였지만 속내는 전혀 달랐다.

방금 전도 마찬가지였다.

청인을 향해 인간이 어쩌고저쩌고했지만 그의 진짜 속내는 그것이 아니었다.

그는 시험해 보고 싶어 했다. 여기에 모인 이들의 힘을, 그리고 나아가 이 힘이 당금의 강호에 어떻게 작용할지를.

'조금 더 큰 틀에서 본다는 건가. 재미있군.'

무공을 펼칠 때마다 퍼지던 짙은 매화 향도 그랬다.

검향지경. 화산파 최고의 신공이라는 자하신공이 아님에도 화산의 기본심법인 매화심결(梅花心決)로 그에 필적할 정도의 내력을 쌓은 인물.

백청학은 앞뒤 재지 않고 달려드는 부나방들과는 전적으로 달랐다.

"두 사람 다 그만하는 것이 좋겠군."

계속해서 도발하는 백청학과 계속해서 무시하려는 당천호 사이에 법륜이 끼어들었다.

두 사람은 법륜의 개입에 입맛을 다셨다.

당천호 또한 어디 가서 무공이 꿀리는 인물은 아니니 계속해서 백청학이 도발한다면 한번 붙어줄 의향이 있었던 것이다.

"크흠."

당천호가 헛기침을 하며 뒤로 물러서자 백청학도 법륜을 노려보며 검을 갈무리했다.

그런 가운데 그 모습을 지켜보던 조비영이 청인을 향해 입을 열었다.

"청인 진인."

"왜 그러지?"

"통제할 수 있나?"

그 물음에 모두의 시선이 단번에 꽂혀들었다.

핵심을 찌르는 가장 중요한 문제였기 때문이다.

조비영의 물음에는 단순히 통제할 수 있는가에 대한 문제 외에도 여러 가지 의미가 담겨 있었다.

"어느 정도는."

"그럼 됐군. 거기 화산의 도사, 질문을 하나 하지."

"말하시오."

"인간이란 무엇인가?"

갑작스러운 물음에 백청학은 인상을 찌푸렸다.

어쭙잖게 도사 흉내를 내는 것이라면 크게 경을 칠 생각이었지만, 조비영의 눈빛은 진지하기 그지없었다.

'인간이 무엇이냐고?'

잘 모른다. 이십 년이 넘는 세월을 도를 닦으며 무공을 수

련했다.

그런데도 자기 자신조차 다 알지 모르는데 인간이 무엇인지 알 게 뭔가.

"지금 그게 중요하오?"

조비영은 백청학의 말에 쓰게 웃었다. 역시 그럴 줄 알았다는 표정에 백청학의 얼굴이 단단하게 굳어갔다.

"이래서 구파는 안 돼. 차라리 팔대세가가 낫다."

"……"

백청학은 조비영의 도발에 말없이 검파 위에 손을 가져다 댔다.

합당한 이유를 대지 않으면 당장에라도 검을 뽑을 것처럼 위협적인 기세마저 뿜어져 나왔다.

조비영은 그에 아랑곳하지 않고 술로 목을 축이며 말을 이었다.

"인간을 아는 것이 무에 중요하냐고? 중요하지. 그대는 인간을 몰라. 정확히 인간이 가진 추악한 본성을 모른다는 게 더 정확하겠지. 그래서 구파보다 팔대세가가 낫다고 하는 거야."

조비영의 말은 간략했다. 인간의 탈만 쓰고 있으면 인간이냐는 물음이었다. 조금 전 백청학이 한 말을 전면으로 반박한 것이다.

"나는 황실의 행사를 관철시키면서 많은 인간 군상을 봤지. 스스로 인간이라고 떠들면서 괴물이 되기를 마다하지 않는 자들이 부기지수다. 그에 반해서……."

조비영은 청인을 향해 고갯짓을 했다.

"저기 저자는 풍파를 일으키긴 했다만… 모두 합당한 이유가 있지 않던가? 단지 당사자들에게 설명이 부족했을 뿐이지. 그리고 화산의 도사."

"백청학이다."

"그래, 백청학. 그냥 한번 붙어보고 싶으면 붙어보고 싶다고 말해. 그게 강호의 낭만이 아니던가?"

조비영은 그 말을 끝으로 술병을 흔들며 별채 안으로 사라졌다.

남은 이들은 그저 그런 조비영을 바라보고 있을 수밖에 없었다. 그의 말이 전적으로 옳았기 때문이다.

호담정의 별채로 모여들면서 느낀 첨예한 기세 싸움.

단지 그것뿐이었다면 그들은 그저 물러서고 말았을 것이다. 하나 각 파의 자존심을 걸고 나온 만큼 쉽게 물러설 수는 없는 일. 차라리 시원하게 붙어보는 것이 나을지도 몰랐다.

법륜은 그런 그들 사이로 공기가 얼어붙을 듯 무거워지자 손을 휘저으며 어색해진 분위기를 반전시켰다.

"비무는 나중에 하시지요. 그보다 드릴 말씀이 있으니 잠시 모여주시지요."

조비영을 제외한 이들이 전부 모이자 백청학이 불만스럽다는 듯 입을 열었다.

"황실의 저치는?"

"나중에 따로 전달하지요. 그보다 여러분께서 알아야 할 것들이 좀 있습니다. 제가 알아야 할 것들도 있고요."

"말하시오."

남궁호원이 운을 떼자 모두가 기다렸다는 듯 눈을 빛냈다.

"우선… 나는 계획대로 천지회를 만들 겁니다. 여러분이 참여하면 좋겠지만… 사실 별로 중요한 문제가 아니지요."

"그 말은 우리가 이대로 돌아가도 상관이 없다는 뜻인가? 그렇다면 왜 우리를 여기까지 불러 모았지? 아무리 봐도 시간 낭비가 아닌가?"

남궁호원이 질문을 던지자 법륜은 가볍게 고개를 끄덕였다.

그래도 상관없었다. 법륜으로선 단지 이야기를 해주고 싶었을 따름이다.

"시간 낭비가 아니오. 그대들이 참여하고 안 하고를 떠나서 그것은 상관없는 일이니까. 단지 알려주고 싶었소. 그 사실을 듣고 그대들이 행동하기를 바랐으니까. 그래서 부른 것이오."

"행동하기를 바랐다……."

청인은 조용히 눈을 감고 법륜의 말을 곱씹었다.

그가 몸담았던 암은당의 행동 강령과는 정반대의 지침이다.

암은당은 은밀함을 제일의 가치로 삼았다. 민초들이 모르게, 또 힘이 약한 세력도 모르게. 오로지 강한 자들만이 앞으로 나섰고 비밀스럽게 행동했다.

'신승의 말은 그 모든 것을 뒤집겠다는 것이다.'

온 강호에 까발리겠다는 소리나 진배없었다.

그리고 선택을 강요할 것이다. 맞서 싸우던지, 아니면 칼을 놓고 무인이라는 이름을 내려놓을 것인지를.

청인은 자기도 모르게 속마음을 내뱉고 말았다.

"온 세상에 풀어놓을 생각이군."

"정확히 봤습니다. 세상은 알게 될 겁니다. 천마신교의 존재를, 그리고 그에 맞서 싸우는 천지회의 이름도 알게 되겠지요."

"좋지 않은 생각이다. 너무 많은 피가 흐를 것이야. 어째서 생각을 바꿨지?"

천지회의 본래 목표는 비밀결사.

법륜은 천지회를 기존에 존재한 암은당처럼 움직이려 했으나, 괴뢰마수 황곤의 습격으로 생각을 달리했다.

그들의 정보망은 우습게 볼 것이 아니었다. 이번 회합을 알고 있었다는 듯 찌르고 들어왔으니까.

"이번 습격으로 많은 것이 변했습니다. 기존의 방식을 고수할 필요가 없지요."

"그건 동의한다. 암은당이 어찌 움직였는지 내 알 바는 아니지만 저들의 정보망은 우습게 볼 것이 아니야. 너무 빨리 알려졌고, 너무 쉽게 뚫렸다."

남궁호원이 법륜의 말을 거들자 청인 또한 고민에 잠긴 듯한 얼굴로 빠져들었다.

저들의 말이 맞았다. 그리고 생각했다. 암은당의 강점이 반대로 약점이 되지는 않았을지.

'어른들과 상의를 해봐야겠군.'

법륜은 고민에 빠진 청인을 보며 그가 마음속으로 결단을 내렸다는 것을 알아챘다.

'그는 돌아가겠군. 저 둘도 마찬가지이겠고.'

남궁호원과 백청학. 이 둘은 천지회에 가담할 생각이 없었다.

그들이 겁쟁이여서, 천마신교와의 싸움이 꺼려져서가 아니었다.

이 둘은 되레 자신을 따르는 세력을 직접 움직일 생각이었다. 그렇다면 남은 사람은 단둘.

'일단은 둘로 만족해야 하는가.'

조비영과 당천호. 두 사람만이 남게 될 것이다.

조비영은 황실에 대한 염증 때문에, 당천호는 법륜에게 진 빚 때문에라도 함께해야 했다.

모두가 짙은 침묵에 빠질 즈음.

"헌데 알고 싶은 것은 뭐요?"

당천호가 눈치 있게 물꼬를 터줬다.

법륜은 당천호의 선공을 받아 청인을 바라보며 입을 열었다.

"마정. 황곤이 말한 마정이 무엇이오?"

*　　　　*　　　　*

법륜은 떠나가는 세 사람이 작은 점이 되고 나서도 제자리에서 움직이지 않았다.

그는 제자리에 우두커니 선 채 생각을 정리하고 있었다.

'이번 회합은 득보단 실이 많았다.'

일단 두 사람을 얻었다.

이 둘은 강력한 무인. 그대로 엄청난 전력이 될 것이다.

하지만 달리 말하면 얻은 것은 이 둘뿐이다.

'그냥 서신을 전해 오라고 했으면…….'

그랬어도 조비영과 당천호는 수락했을 것이다.

반면에 실(失)은 엄청났다.

회합에 모인 이들의 전력이 고스란히 노출되었다. 그 말은 곧 천마신교의 정보망을 통해 이들의 신상이 알려졌다는 뜻이다.

'그리고 표적이 되겠지.'

결과적으론 모두가 싸울 수밖에 없다.

천마신교의 침탈은 그저 몇 개의 성을 가볍게 짓밟고 끝날 것이 아니기 때문이다.

그렇기에 더 아쉬웠다.

전력을 한데 뭉쳐 반격의 중추가 된다면 좋았을 일이 너무도 쉽게 무산되었으니까.

"신승."

어느새 멀찍이 떨어져 있던 구양비가 다가와 법륜의 정신을 일깨웠다.

"오셨습니까."

"너무 상심하지 마시오. 어찌 되었든 뜻은 전했고 그들도 우리의 뜻에 동조했으니 입맛대로 움직이지 않아도 상관없는 일 아닙니까?"

"그렇습니다만……."

법륜은 말꼬리를 흐리며 청인이 한 마지막 말을 상기했다.

법륜에게 질문을 받던 그의 표정은 기묘하게 일그러져 있었다. 마치 해서는 안 될 질문을 했다는 표정이었다.

"마정은 내 모친이 남긴 것. 그것을 품으면 난 온전한 괴물이 된다. 그래서 벽을 쌓고 보관만 하고 있었지. 괴물이 되기는 싫었으니까."

"그렇다면 없애 버리면 되지 않겠습니까?"

"그리된다면 좋겠지만 내가 굳이 보관한 이유가 무엇일까."

파괴가 불가능하다는 뜻이다. 청인은 그대로 돌아서서 떠나 버렸다. 그와 동시에 모인 이들 중 둘도 함께 길을 나섰다. 그리고 들려오는 한줄기 전음.

[자네는 오늘 큰 무리수를 뒀네. 내 말의 의미를 명심하게.]

청인이었다.

제삼십구장(第三十九章)

혼인(婚姻)

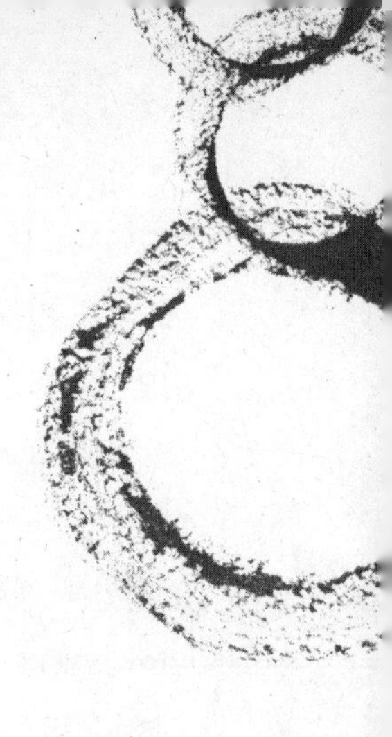

회합을 마친 법륜은 구양세가에 잠시 머물기로 결정했다. 이번 회합과는 별개로 그에게 할 일이 남아 있는 까닭이다.

그것은 다름 아닌 법륜의 미래를 결정짓는 일이었다.

법륜과 구양연의 혼인.

법륜은 앞으로 자신의 배우자가 되어 평생을 함께할 구양연과 함께 구양세가의 경내를 거닐고 있었다.

회합에서 보여준 진중하고 날카로운 모습이 아닌, 밝고 유쾌한 모습이었다.

"걱정이 많으시겠어요."

구양연이 평소와 달리 조금은 걱정스럽다는 듯 이번 회합에 대한 감상을 전하자 법륜은 난감한 표정을 지을 수밖에 없었다.

구양연에게 전부 다 털어놓을 수 없는 비밀이 너무 많은 탓이다.

청인에 대한 것이 그랬고, 그대로 떠나간 백청학과 남궁호원이 그랬다.

하나 법륜은 그 사실에 대해선 전혀 내색하지 않았다. 그저 회합에 참여한 이들 중 법륜의 의견에 동조하지 못하고 세 사람이 떠나갔다는 이야기만 전했다.

"어쩔 수 없는 일이겠지요."

"이 세상엔 참 어렵고도 어쩔 수 없는 일이 많네요."

구양연의 말엔 뼈가 있었다. 법륜은 구양연의 말에 쓴웃음을 지었다.

세가에 돌아오자마자 회합의 준비를 위해 구양연에게 한 말이 떠올랐다.

"이번 회합은 천하의 판도를 가르는 분기점이 될 일이니 그대에게 신경을 집중하지 못할지도 모르오. 양해를 부탁드리겠소."

그 말은 곧 어쩔 수 없으니 이해해 달라는 말과 같았다.

구양연은 그때 대차게 고개를 끄덕였지만 못내 마음에 두고 있던 모양이다.

"미안하오."

"그런 말은 마세요. 어쨌거나 제가 선택한 일인 걸요."

구양연이 고개를 도리도리 젓자 법륜은 자기도 모르게 함박웃음을 짓고 말았다.

소림에서 파계를 선언한 이후 혼인에 대한 생각을 해보지 않은 것은 아니지만 이토록 어여쁜 부인을 얻게 될 줄은 몰랐던 법륜이다.

"그보다 정말 괜찮겠소? 어찌 되었거나 평생에 단 한 번 있는 혼사인데 이리 넘어간다면 그대를 볼 면목이 없소."

"괜찮아요. 오라버니께 얼마나 잔소리를 들었는지 귀에 딱지가 앉을 지경이라고요. 상… 공도 그만하세요."

상공.

지아비를 이르는 말이다. 구양연이 부끄럽다는 듯 속삭이자 평정심이 극에 이른 법륜의 마음도 소용없다는 듯 요동쳤다.

"그래도 육례(六禮) 중 어느 것 하나 제대로 하지 못했으니 내 마음이 편치 않구려."

육례란 고로 신랑 측에서 신부에게 혼담을 청하는 납채(納采)와 혼인 후 장래의 운명을 점치는 문명(問名), 혼인 날짜를 받아 알리는 납길(納吉)과 신랑이 신부에게 건네는 예물인 납징(納徵), 신부 측에게 혼인 날짜를 받는 청기(請期)와 신랑이 신부를 맞이하러 가는 친영(親迎)으로 나뉜다.

헌데 법륜은 육례 중 간신히 청기와 친영만을 이룬 상태였다.

아무리 유가의 법도에 구애받지 않는 승려 출신이라고 해도 구양연이 명문 세도가이니 어떻게든 맞춰주고 싶은 마음이 있었다.

"상공, 그런 것은 이제 아무 상관 없어요. 법도가 아무리 중요하다고는 하나 사람의 마음보다 중요하진 않습니다. 상공께서 제게 갖는 미안한 마음은 앞으로 저에게 성심을 다하시면 그만입니다."

법륜은 구양연의 다부진 말에 그만 참지 못하고 그녀를 와락 끌어안았다.

달콤한 말이라고는 쥐뿔도 할 줄 모르던 법륜은 그녀의 귓가에 입을 대고 한마디를 속삭였다.

"비록 시작은 이러하나 어느 누구도 그대를 함부로 대하지 못하게 하겠소. 천하의 누가 와도 반드시 지켜내겠소."

구양연은 귓가에 울리는 법륜의 중후한 목소리에 저도 모르게 얼굴을 빨갛게 붉혔다.

"참 많이 변하셨습니다."

"그대가 원한다면 무엇이든 되지 못하겠소."

법륜과 구양연.

두 사람은 밝게 빛나는 달빛 아래에서 한참을 안고 있었다.

맞닿은 가슴에서 서로의 심장 소리가 부딪쳤다.

하나 그런 두 사람의 행각은 그리 오래가지 못했다.

불청객이라면 불청객인 집주인이 두 사람을 향해 다가온 탓이다.

구양비의 얼굴은 평소의 자상한 얼굴과는 확연히 달랐다.

"연아, 내 그리하면 안 된다고 당부하지 않았더냐!"

"오라버니!"

두 사람은 구양비의 잔뜩 성이 난 얼굴에 화들짝 놀라 떨어졌다.

구양비는 꽤 성이 난 얼굴이었으나 타심통을 통해 인간의 속마음을 읽는 법륜에겐 구양비의 얼굴이 달리 느껴졌다.

'걱정하고 있구나.'

구양비는 걱정하고 있었다.

법륜은 이미 천하에 널리 이름을 알린 사람이다.

게다가 앞두고 있는 싸움은 그 생사를 장담할 수 없는 종류의 것.

구양비는 하나뿐인 여동생을 위해서, 그리고 앞으로 매제가 될 법륜의 생사를 위해서 그가 흔들리지 않기를 바랐다.

독심(毒心).

커다란 적을 앞둔 이상, 그리고 언제 적으로 돌아설지 모르는 아군을 만든 이상 법륜은 독해져야 했다.

구양비는 그 길이 모두가 사는 길이라고 생각했다.

"가주."

법륜은 붉어진 안색의 구양연을 향해 괜찮다는 듯 머리를 쓰다듬고는 구양비를 향해 짧게 읍을 했다.

혼인을 약속했어도 아직은 혼례를 올리지 않은 몸, 남녀가 유별하다는 사상은 승려이던 법륜에게도 해당하는 말이었다.

그런 상황에서 집의 주인이자 혼례 당사자의 오라비인 구양비에게 부끄러운 모습을 보였으니 면이 서지 않는 것은 당연한 일이었다.

게다가 구양비의 속내까지 속속들이 읽었으니 법륜은 입이 열 개라도 달리 할 말이 없었다.

"연아는 그만 물러가 보거라."

구양비의 엄중한 꾸짖음에 구양연은 잔뜩 얼굴을 찌푸린 채 법륜에게 인사를 올린 뒤 물러났다.

오라비인 구양비는 이제 안중에도 없는 모습이다.

"부끄러운 모습을 보였습니다."

법륜이 어렵게 운을 떼자 구양비는 괜찮다는 듯 손사래를 쳤다. 구양연이 있을 때와는 상반된 모습이다.

"괜찮습니다. 단지… 저 아이가 발목을 잡지는 않을까 걱정이군요."

"너무 심려치 마시지요. 일견 가벼워 보여도 현명한 여인입니다."

구양비는 법륜의 말에 맑은 미소를 드러내며 웃었다.

"그리 평가해 주시니 감사할 따름입니다."

"헌데 어쩐 일로……?"

"아!"

구양비는 법륜의 물음에 정작 중요한 것을 까먹고 있었다는 듯 품에서 고운 붉은색 비단 봉투 하나를 꺼내 건넸다.

"길일(吉日)이 적힌 날짜입니다. 내달 보름이 길일이라 하니 그때 혼인을 올리는 것이 어떠하겠습니까?"

"내달 보름이라… 일 처리가 상당히 빠르시군요."

"상황이 상황이지 않습니까."

법륜은 붉은 봉투를 품에 조심스럽게 갈무리한 채 상념에 잠겼다.

내달 보름이라면 앞으로 스무 날 정도 남았다. 전서구를 통해 소식을 전하기엔 충분한 날짜지만 사람이 오가기에는 빠듯한 시일이다.

그런데도 스무 날을 앞두고 혼인식을 치른다는 것은 이미 준비가 모두 끝났다는 말과 같았다.

혼례는 신부의 가문에서 치르니 인연이 있는 곳에는 이미 청첩장을 돌렸다는 뜻이기도 했다.

"그보다 두 분은 어떻습니까?"

구양비는 아직까지 호담정의 별채에 묶여 있는 두 사람. 조비영과 당천호의 안부를 물었다.

단순히 그 둘의 안위에 대해 궁금했다기보다는 앞으로의 일에 그 둘의 역할을 묻는 질문이었다.

"일단은 두 사람 모두 각자 행동하길 원하더군요. 조 위사야 본디 규율에 얽매여 살았으니 다시 그 상황으로 돌아가고 싶어 하지 않는 것 같고, 당가의 독제는… 그 무공의 특성 탓인지 함께하면 되레 독이 될 거라 말하더이다."

당천호가 익힌 무공은 독공. 게다가 어중이떠중이처럼 익힌 독공도 아니니 대량 살상을 자행할 수 있는 모든 조건을 갖춘 자였다.

"그래서 둘을 풀어놓을 셈이십니까?"

"일단은 그래야 할 것 같습니다. 아직 그가 남긴 말의 진위를 파악하지 못했으니 무한정 그들을 잡아두기엔 무리가 있지 않겠습니까."

"으음……."

그가 남긴 말. 청인을 이름이다.

청인은 떠나가기 직전 법륜을 향해 무리수를 뒀다며 그의 언사를 폄하했다.

'달리 손해 볼 만한 말은 하지 않은 것 같았는데…….'

하나 한 가지 짐작이 가는 것은 있었다.

마정(魔精).

분명 황곤은 진미령의 마정을 청인에게 던져놨다고 말했다.

그리고 청인은 그 마정을 지키느라 움직임이 자유롭지 않다고도 했다. 파괴도 불가능하다고 했다.

법륜은 그 점이 이해가 가질 않았다.

이 세상에 존재하지 말아야 할 기물이라면 어째서 청인은 그 마정을 그저 지키고만 있어야 했을까.

차라리 아무도 모르는 산속에 파묻거나 믿을 만한 자를 선택해 맡기면 그만이 아닌가.

'이를테면 검선 같은 분에게 말이지.'

마정이 정확하게 무엇을 의미하는지 모르는 법륜으로선 청인의 선택이 답답하게만 느껴졌다.

모든 것을 물려준 검선에게도 맡기지 못할 물건. 거기다가 그 마정이라는 물건을 천마신교에서 가지고 있다가 넘겨주었다는 사실도 걸렸다.

거기까지 생각이 이어지자 법륜은 한 가지 결론에 도달했다.

'청인은 움직이지 않는다.'

그렇다면 남은 것은 두 사람이다.

백청학과 남궁호원. 구파인 화산파야 천마신교가 움직이면 적극적으로 대응할 것이 분명하니 신경이 비교적 덜 쓰였다.

반면에 구양세가의 몰락으로 팔대세가의 주축으로 올라선 남궁세가는 그 속을 알 수 없었다.

정확히는 남궁세가를 믿을 수 없는 것이 아니라 그 휘하의 가문들을 믿을 수 없었다.

이미 이철경을 통해 남궁세가의 휘하 십가문인 안휘십주의 실체에 대해서 들은 바가 있는 법륜으로선 더더욱 그들을 믿을 수 없었다.

"그럼 어찌해야 되겠습니까? 비록 청인 진인이 남긴 말이 무엇인지 파악하기는 어렵다고는 해도 저 둘을 그대로 풀어 두기엔 무리가 있지 않습니까?"

"일단은 혼인이 거행되는 날까지는 붙잡아둘 생각입니다."

"그 뒤는요?"

"한번 떠봐야겠습니다."

"네?"

"무슨 생각을 하고 있는지, 또 앞으로 어떻게 움직일지 말입니다.”

“……?”

구양비는 법륜의 영문 모를 말에 고개를 갸웃거렸다.

하지만 법륜은 구양비에게 말을 하는 순간 결단을 내렸다. 이번 혼인에 참석하는 모든 이가 법륜의 저울대 위로 올라갈 것이다. 남궁세가를 포함해서.

‘겸사겸사 해묵은 원한도 처리해야겠군.’

일석이조.

법륜은 구양연과의 혼례에 다른 의도를 품는다는 것에 일말의 죄책감을 느꼈다.

하나 이번이 아니면 언제 또 기회가 올지 알 수 없었다.

‘미안하오.’

그렇게 하루가 지나고 이틀이 지나 시간은 흐르고 흘렀다.

빠르게 흐르는 시간만큼이나 법륜과 구양비, 구양연 남매의 일상도 바빠졌다.

법륜은 익숙하지 않은 세도가의 예법을 익히는 데 시간을 쏟았고, 구양비는 찾아올 손님들을 맞을 준비로 분주했다.

구양연은 앞으로 법륜과 함께 쓸 살림살이를 장만하느라 하루 종일 저자에 나갔다 밤늦게 돌아오기 일쑤였다.

그렇게 찾아온 길일. 두 사람은 어느새 서로를 마주 보며 절을 하고 있었다.

수많은 사람들의 축복 아닌 축복 속에서.

"재미있군. 당 숙부가 그렇게 갔을 때는 믿지 않았거늘."

"그렇습니까."

이제 막 희끗해져 가는 머리카락을 곱게 늘어뜨린 장년인이 나지막한 목소리로 중얼거리자 그와 똑 닮은 젊은 청년 하나가 맞장구를 쳤다.

장년인은 그런 청년을 보며 희미하게 미소를 지었다.

'호승심을 느끼는 모양이군.'

장년인, 아니, 남궁철영은 애써 호승심을 감추는 장자를 기특한 눈으로 바라봤다.

아직 한 명의 무인으로서, 그리고 팔대세가 중 하나를 이끌어가야 하는 소가주로서 부족한 면모가 보이긴 하지만 이만하면 자식 농사는 충분히 잘 지었다고 자평했다.

날 때부터 남궁가의 적장자로, 그리고 가주 위를 이을 계승자로 철저하게 단련시킨 보람이 느껴졌다.

"정원아."

"예, 아버님."

남궁가의 소가주 남궁정원은 부친 남궁철영의 부름에 자기도 모르게 힘을 잔뜩 준 채 대답했다.

남궁철영의 부름이 부담스러워서가 아니었다.

은연중 넘실대는 기파. 혼례를 진행하는 당사자인 법륜이 뿜어내는 가공할 기세가 심장을 옥죄는 듯 다가왔기 때문이다.

"어떠하냐? 소문은 본디 과장되게 마련인데 저자는 오히려 소문이 축소된 듯하구나."

"이겨낼 수 있습니다. 아니, 이겨낼 겁니다."

"그리 긴장할 것 없다. 상대하지 못할 것도 없음이니."

남궁철영의 말속엔 깊은 자신감이 배어 있었다.

남궁정원은 부친이 내비치는 자신감에 고개를 빳빳하게 세웠다.

부친이 장담한다면 그 자신감은 거짓이 아니리라. 남궁정원 또한 그렇게 생각했다.

남궁가의 검형(劍形) 제왕(帝王)의 기세는 완성하기만 한다면 능히 천하를 노려볼 정도로 대단했으니까.

"십성, 십성이다. 할 수 있겠느냐?"

남궁철영의 말은 간략했으나 간단한 의미를 내포하고 있진 않았다.

제왕검형 십성을 이루면 법륜을 감당할 수 있다는 말이었다.

제왕검형(帝王劍形) 십성. 부친의 성취가 이제 막 구성인 것을 감안하면 불가능에 가까운 일이었다.

가문에 웅크리고 있는 남궁가의 태상가주도 말년에서야 십성에 다다르지 않았는가.

"갈 길이 멀겠습니다."

남궁정원은 보이지 않는 아득한 길 위에 서 있는 느낌을 받았다.

십성.

무공의 십성을 익혔다 함은 선조가 남긴 무공의 형(形)과 의(意)를 완벽하게 되살린다는 의미이다.

이제 막 제왕검형에 입문한 남궁정원으로선 갈 길이 구만리였다.

"그래, 멀다. 하지만 걷고자 한다면 못할 것도 없겠지. 주변을 둘러보아라. 우리뿐이 아니다. 팔대세가의 인물들 모두 같은 생각을 하고 있을 터. 너는 괜한 걱정 말고 정진하라. 이 아비가 길을 닦아주마."

남궁철영의 말처럼 이제 법륜과 사돈이 된 구양세가와 한 차례 접전을 펼치고 막대한 손해를 입은 당가를 제외하곤 모두 법륜 한 사람을 주시하고 있었다.

정확히는 법륜이 은연중 뿜어내는 기파를 읽어내고 가문의 인물들과 저울질을 하고 있을 테지.

남궁정원이 막 그렇게 생각하며 주변을 둘러볼 때, 한 사람과 눈이 마주쳤다.

"남궁 형."

건장함을 넘어선 거대한 체격, 등 뒤에 매달린 거도(巨刀)가 인상적인 사내. 팽가의 소가주인 팽무기였다.

팽무기는 남궁정원과 눈이 마주치자마자 주변의 시선은 아랑곳하지 않고 성큼성큼 다가왔다.

"팽 제."

"오랜만에 뵙습니다, 숙부님. 그리고 남궁 형도."

"그래."

대화는 짧았다. 남궁철영은 그저 고개를 끄덕이는 것으로 팽무기의 인사를 받았고, 남궁정원 또한 더는 말을 섞고 싶지 않다는 듯 짧게 대꾸할 뿐이었다.

게다가 지금은 말을 섞기엔 시기가 적절하지 않았다. 세 사람은 가만히 서서 차례대로 진행되는 혼례를 지켜봤다.

법륜과 구양연이 맞절을 할 때, 팽무기는 아무렇지도 않게 남궁정원의 역린을 툭하고 건드렸다.

"호원이 놈이 요새 잘나가는 모양이오. 하북까지 소식이 들리는 것을 보니."

"그렇지."

남궁호원. 적장자이자 소가주인 남궁정원의 동생으로 근래에 명성이 자자한 풍운검성. 남궁정원은 팽무기가 남궁호원의 이야기를 꺼내자마자 속으로 부아가 치밀었지만 결코 티를 내지는 않았다.

근래에 들어 남궁호원의 명성이 높아지면서 자신에게 향해야 할 힘과 권력이 분산된 까닭이다.

남궁정원은 흔들리는 마음을 가다듬으며 팽무기가 세 치 혀로 날린 말을 되받았다.

“그러는 팽가에선 요새 묘한 소문이 돌던데.”

팽무기는 남궁정원의 말이 끝나기가 무섭게 고개를 끄덕였다.

부끄러움이나 시기심 하나 없는, 남궁정원과는 상반된 평온한 얼굴이다.

한 치의 감정 동요도 보이지 않는 팽무기를 보며 남궁정원은 다시 한번 얼굴을 굳혔다.

‘곰인 척하는 여우가 어디서.’

만약 저 우람한 덩치로 우직하게 행동했다면 생긴 대로 논다며 비웃음을 날렸을지도 모르지만, 팽무기의 여우 같은 태도는 남궁정원으로 하여금 팔대세가의 후계자로서 묘한 위기감을 느끼게 만들었다.

‘흔들리지 말자. 차기 가주는 나야.’

남궁정원은 티가 나지 않게 한차례 심호흡을 하며 입을 열었다.

"패왕전(霸王殿)을 뺏길지도 모른다는 소문이 돌던데… 꽤나 여유가 있는 모양이군."

"여유가 없을 리가 없나. 그럴 수밖에. 어차피 가주는 내가 될 터인데."

언제나 서로를 비교하고 올라설 대상으로 삼은 가문들, 그리고 그 여덟 개 가문의 지휘를 받는 무수한 집단.

팽무기의 말은 어차피 팽가의 가주가 되면 휘하 타격대 중 그 어떤 곳도 자신의 손을 벗어날 수 없음을 암시하고 있었다.

그만큼 가문 내에서 팽무기의 권력이 공고하다는 뜻이었으며, 남궁호원으로 인해 흔들리는 남궁가를 비꼬는 말이기도 했다.

"그래서 그자는 같이 왔나?"

"그래, 저기."

팽무기가 시선으로 한쪽을 가리키자 팽가의 인물답지 않게 비교적 평범한 체구의 사내 하나가 눈에 들어왔다. 통짜로 된 흑색 도를 멋들어지게 찬 젊은이였다.

"어려 보이는군."

젊은이는 어려 보였다. 잘해봐야 자신의 막냇동생과 비슷한 연배.

남궁정원과 남궁가의 삼남(三男) 남궁신원의 나이 차가 육

년이니 기껏해야 스물 중반이라는 의미이다.

"어려 보인다? 저놈이 휘두르는 도를 한 번이라도 받아보면 그런 말이 안 나올 텐데."

남궁정원은 팽무기의 말에 깨닫는 바가 있었다. 이제 스물 중반인 어린놈에게 패왕전을 빼앗긴다? 패왕전은 팽가의 주축이나 다름없는 타격대다.

소수 정예. 패왕전에 들 수 있는 인물이 한 세대에 기껏해야 서른 남짓이다. 그리고 팽가의 소가주는 역대로 패왕전주를 역임했다.

한데 이번엔 다르다. 소가주가 아닌 다른 이가 패왕전을 맡았다.

그 말은 곧 저 젊은이가 팽가의 소가주를 밀어낼 정도의 고수라는 뜻이다.

"쉽게 보다간 큰코다칠 거요, 남궁 형."

팽무기가 남궁정원의 도발을 일축하자 남궁정원은 자기도 모르게 그간 참아온 신음을 터뜨렸다.

남궁철영은 두 사람의 대화를 지켜보다 팽무기가 가리킨 신임 패왕전주를 보았다. 무시무시했다.

무공이 남궁가의 가주인 남궁철영보다 높아서가 아니었다. 젊은 나이, 그리고 태산마저도 허물어뜨릴 만큼의 패도지력.

젊은 남궁정원이 갖추지 못한 것을 일개 전주가 모조리 갖추고 있는 것이다.

'팽가에서 가주가 직접 오지 않은 이유가 있었군.'

팽가에서 가주 대신 소가주가 온 것은 이례적인 일이었다. 가주들이 모인 곳에서 소가주가 낼 수 있는 힘에는 한계가 있으니까.

그런데도 팽 가주는 보란 듯이 소가주를 보냈다. 저 신임 패왕전주와 함께.

그 의도는 명백했고 또 확실하게 전달되었을 게다.

보라. 우리는 이미 세대교체가 끝났고, 그 어떤 곳보다 강하다. 그러니 앞으로 잘 처신하라.

"조용. 남은 이야기는 혼례가 끝나면 하도록. 이제 금방이다."

남궁철영은 미묘하게 뒤틀린 팽무기의 미소를 보며 여기에서 끊어야겠다고 생각하며 끼어들었다.

소가주 남궁정원이 속수무책으로 밀린 탓도 있지만, 고요한 가운데 한쪽에서만 말소리가 계속해서 들리자 시선이 집중된 탓이다.

'아무래도 생각보다 일찍 자리를 넘겨야겠군.'

남궁철영은 가문으로 돌아가는 즉시 본격적으로 가주 위를 넘기기로 결심했다.

그런 와중에 법륜과 구양연의 맞절이 끝나고 두 사람은 구양세가의 한편에 마련된 신방(新房)으로 향했다.

신방으로 향하는 길. 폭죽이 터지고 떠들썩한 소리가 법륜과 구양연의 뒤를 따라 좇아왔다.

신방의 외관은 온통 붉게 치장되어 있었다. 액(厄)을 쫓고 복(福)을 부른다는 미신이 짙게 깔린 처사였다.

신방의 정면 창가엔 희(囍) 자가 쌍으로 붙어 있었다.

기쁠 희(喜), 즐거울 희(喜)로 두 사람이 한 쌍이 된다는 의미이다.

법륜은 신방으로 들어서면서 희미하게 미소를 지었다.

"재미있지 않소?"

"무엇이 말인가요, 상공?"

구양연이 되묻자 법륜은 신방 밖에서 두 사람을 주시하고 있는 면면들을 짚어냈다.

"팔대세가의 주인이라는 자들이, 그리고 그 자식들이 벌이는 작태를 좀 보시오. 못 잡아먹어서 안달이 아니오?"

구양연은 법륜의 설명에도 모르겠다는 듯 고개를 도리도리 저었다.

그녀로선 어릴 때부터 보아온 숙부이거나 오라비, 동생들이니 전혀 이상함을 느끼지 못하고 있었다.

"그런 것은 아무래도 좋아요. 오늘은, 아니, 지금만큼은 저

한테 집중해 주세요."

구양연이 수줍게 고개를 숙이자 법륜은 그녀의 얼굴을 덮고 있던 붉은색 면포를 조심스럽게 걷어냈다.

붉은색 천보다 더 붉어진 얼굴의 구양연이 보였다.

법륜이 그녀의 얼굴을 보자마자 혼례 내내 머릿속을 떠나지 않던 팔대세가와 구파에 대한 생각이 씻은 듯 씻겨 나갔다.

"이리 오시오."

법륜은 구양연을 잡아 침상으로 이끌었다.

하얀 이불보 위에 베개 한 쌍이 유난히 도드라져 보였다. 두 사람 모두 보통의 신랑과 신부보다 비교적 많은 나이였지만 어찌 부부의 연이, 남녀 간의 정이 나이로만 해결이 되던가.

두 사람은 침상 위에 앉아 서로를 바라보며 어색한 침묵을 즐겼다.

"어… 음… 술이라도 한잔……."

"…네."

법륜이 어렵게 운을 떼자 구양연은 신방 한편에 마련된 주안상에서 술병과 술잔 두 개를 가져왔다.

여아홍(女兒紅)이었다. 딸이 태어날 때 담갔다가 시집갈 때 꺼낸다는 그 술이다.

붉은 빛깔의 술이 잔 위로 조금씩 쏟아지자 짙은 주향(酒香)이 방 안을 가득 채웠다.

달콤한 술 향기에 법륜은 잔을 그대로 털어 넣었다. 오래 묵은 술답게 상당히 독했다. 그리고 술의 도수만큼 법륜의 마음도 단단해졌다.

"이리 오시오."

구양연이 법륜의 청에 나는 듯이 안겨오자 이성의 끈이 툭 하고 끊어져 버렸다.

그날 밤은 유독 길었으며, 달빛마저 고개를 숙인 듯 깜깜하고 어둑했다.

그렇게 두 사람은 멀고도 먼 길을 돌아 하나가 되었다.

*　　　*　　　*

날이 밝자 법륜은 조심스럽게 침상에서 일어났다.

나신으로 그의 옆에 잠든 구양연은 아직 한밤중인지 일어날 기미가 보이지 않았다.

푹 젖어 땀이 배어 있는 침상이 어젯밤의 격렬한 기억을 떠올리게 만들었다. 법륜은 지난밤을 상기하며 얼굴을 붉혔다.

'어서 일어나야겠다.'

죄를 지은 것도 아닌데 지금 당장 구양연이 깨어난다면 얼굴을 마주할 자신이 없었다.

부끄러웠기 때문이다. 법륜은 조심스럽게 침상을 빠져나와 옷을 걸쳤다.

땀으로 범벅이 된 몸에 옷을 걸치니 상당히 걸리적거렸지만 어쩌겠는가. 알몸으로 밖을 나설 수는 없지 않는가.

'일단 씻어야겠어.'

법륜은 평소엔 잘 펼치지 않던 경기공(輕氣功)을 펼쳐 방을 빠져나갔다.

밖은 이제 막 어둠이 밀려나고 빛이 밝아오고 있었다. 법륜은 우물가로 다가가 젖은 옷 위에 물을 뿌려댔다.

차악!

물에 빠진 생쥐 꼴이 되었지만 법륜은 개의치 않았다. 이윽고 몸에 진득하게 흐르던 땀이 물에 전부 씻겨 내려갔다고 판단되자 법륜은 물을 붓는 것을 멈추고 진기를 끌어올렸다.

뜨거운 양기가 전신에서 피어오르자 수증기가 일어나며 젖은 몸이 급속도로 말라갔다.

"이걸로 씻는 것은 어느 정도 되었고."

이제는 새신랑이 아니라 신승으로 해야 할 일을 마주해야 했다.

법륜에게 당면한 일은 현재 두 가지였다.

첫째는 구양세가에 모인 거파(巨派)의 주인들과 대담을 하는 것, 둘째는 태영사로 돌아갈 준비를 하는 것이다.

'태영사는 괜찮아. 여유가 있다.'

태영사의 지척엔 소림이 있다. 본디 혼례를 신부의 집에서 치르고 본가로 돌아가니 이번 혼례엔 소림과 태영사의 인물들을 부르지 않았다.

문제는 다른 구파와 팔대세가. 가문의 주력이 전부 빠져나왔다고 하긴 무리이나, 가문이나 문파의 중추가 대거 빠져나왔으니 분명 잡음이 일 것이다.

'그리고 천마신교는 그 시점을 절대 놓치지 않겠지.'

쉽게 말하자면 빈집 털이다.

천마신교는 이미 두 차례나 법륜의 앞에 모습을 보였다. 섬서성이 아닌 다른 성이라고 해서 상황이 다를까? 절대 아니었다.

법륜은 그들이 계속해서 모습을 보이는 것은 그만한 자신감이 있기 때문이라고 판단했다.

"그리고 알게 되겠지."

천마신교가 지닌 힘을. 그렇게 되면 다시 한번 무림맹이 시끄러워질 것이다.

각지에서 일어난 변란에 대응하기 위해 신속하게 움직이겠지만 한계가 분명히 있을 터이다.

그래서 조금 후에 있을 거파의 주인들과 나눌 대담이 필요했다.

힘을 집약시키기 위해서, 그리고 조금 더 효율적으로 대응하기 위해서. 법륜은 혼례에 참여한 면면들을 하나하나 떠올렸다. 구파에서 둘, 팔대세가에서 셋이다.

'구파는 쓸모가 없겠어.'

구파 중 이번 법륜의 혼례에 참석한 이들은 화산과 종남이다.

화산이야 이미 백청학을 통해 천마신교에 관한 이야기가 전달되었을 것이 분명했고, 종남은 구양세가, 화산파와 함께 섬서성의 주축이니 근자에 벌어진 일들에 대해 모를 리가 없음이다.

단지 확인 차원에서 참석했다고 보는 것이 옳았다.

'팔대세가… 이들이 문제인데…….'

팔대세가 중 혼인의 당사자인 구양세가와 당천호만이 자리한 당가를 제외하면 쓸모 있는 곳은 크게 두 곳이다.

안휘성의 남궁세가.

호북의 제갈세가.

이 둘은 한 성을 전부 감당하지는 못하더라도 자신의 기반을 지키며 충분히 저항할 수 있는 세력이었다.

'팽가야 걱정할 필요가 없고.'

팽가가 자리한 하북은 북쪽으로 밀려난 원의 잔당을 상대하기 위해 황실의 군대가 주둔 중이다.

게다가 그곳을 담당하는 이는 연왕(燕王). 당금 황실의 적장자다.

수십만이 넘는 대병력이 주둔하는 곳을 천마신교가 미치지 않는 이상 공격할 리 없었다.

"부족하군."

아직 그 확실한 실체를 잡지는 못했지만, 전 중원으로 천마신교의 세력이 뻗어 있다고 생각하면 이들 다섯으로는 부족했다.

법륜은 가주전을 향해 천천히 걸음을 옮기며 생각을 정리했다.

구파는 구파끼리, 팔대세가는 팔대세가끼리 서로 긴밀한 관계를 유지한다.

구파가 지닌 특성상 민초들이 희생된다면 주저 없이 나설 것이니 굳이 나서서 이들을 설득할 필요는 없었다. 그저 경각심만 심어주면 되었다.

하나 팔대세가는 다르다. 이들은 자신들에게 이득이 된다 생각하면 스스럼없이 민중의 기대를 저버린다.

편견을 깨뜨리고 싶어도 지난 세월 그들이 보여준 모습이

이를 증명했다.

"구파에겐 경각심을, 팔대세가에겐 설득을."

그것도 되지 않는다면 철저하게 굴복시킨다. 그렇게 되면 반감이야 사겠지만 적의 손에 피를 흘리는 것보단 낫지 않겠나.

생각을 끝마칠 즈음, 법륜은 가주전 문 앞에 우두커니 서 있었다.

"가주."

"들어오시지요."

구양비는 아직 이른 아침이었음에도 가주전을 지키고 있었다.

아니, 늦은 밤이 지나 아침이 될 때까지도 가주전을 떠나지 못하고 있었으리라.

"또 밤을 지새우신 모양입니다."

"뭐, 그렇게 되었습니다. 그보다 이 이른 아침부터 어찌 여기엘……."

구양연과 함께 있어야 하지 않겠냐는 물음이다. 한 가문의 가주로서, 그리고 한 여인의 오라비로서 당연한 물음이었지만 법륜은 구양비의 물음에 얼굴을 붉히는 것으로 간단히 대답했다.

"하하, 살아 있으니 이런 모습을 다 보는군요."

"너무 놀리지 마십시오."

구양비는 법륜의 태도가 재미있어 죽겠다는 듯 연신 웃음을 터뜨렸다.

하나 법륜은 구양비의 태도가 그리 기분 나쁘게 느껴지지 않았다. 오히려 기분이 좋았다.

그에게 지금껏 없던 것, 가족이 생긴 기분이었기 때문이다.

만약 소림의 승려들이 가족이 아니었는가 묻는다면 고개를 젓겠지만 소림의 사형제들을 볼 때와는 감상이 사뭇 달랐다.

구양비와 구양연 둘 모두 피를 나누진 않았지만, 모든 흉금을 털어놓고 함께할 수 있는 사이로 느껴졌다.

"그보다 다른 이들은 어찌 되었습니까?"

법륜이 혼례에 참석한 거파의 주인들에 관해 묻자 구양비는 웃음을 멈추고 난처한 얼굴로 법륜을 바라봤다.

"보시다시피 세가 꼴이 이 모양이라서 가내에 모실 수는 없었습니다."

구양철과 구양선의 반란을 진압하며 세가 대부분의 전각이 불길에 휩싸였으니 구양비의 말도 무리는 아니었다. 구양비는 씁쓸한 표정으로 말을 이어나갔다.

"그렇다고 해서 누구는 가내에 머물게 하고 누구는 밖에서 머물라 하면 어찌 생각하겠습니까. 그래서 호담정을 전부 빌렸습니다."

호담정을 전부 빌렸다는 말에 법륜의 얼굴이 핼쑥해졌다. 호담정은 엄청나게 크다.

지난번 별채 하나를 빌리는 데도 한 가족이 보름을 먹고 살 돈이 들었다.

"소모된 재물이 상당하겠습니다."

"어쩔 수 없는 일이지요."

구양세가는 현재 막대한 재물을 필요로 했다. 세가의 재건을 위해서도 필요했고, 구멍이 난 전력을 메우기 위해 새로이 사람들을 모집하는 것에도 필요했다.

법륜은 그런 구양비의 어려움을 모른 척하고 넘어갈 정도로 속이 좁지 않았다.

게다가 따지고 보면 신나게 전각을 부순 것은 그 또한 마찬가지가 아닌가.

"이번 혼사에 들어온 재물이 제법 되지 않겠습니까? 그것으로 충당하시지요."

"그것은……."

상당히 곤란하다는 표정이다.

구파는 아니어도 팔대세가에서 가져온 재물은 상당했다. 팔대세가의 위치를 공고히 다지기 위해 겉으로나마 형제의

의를 맺은 만큼 많은 재물을 가져온 까닭이다.

구양비는 제 코가 석 자인 상황이라 법륜의 제안을 선뜻 받아들이고 싶었지만, 넙죽 받을 만큼 염치가 없진 않았다.

게다가 이 재물은 앞으로 구양연이 풍족하고 편안하게 살기 위해 꼭 필요한 것이 아닌가.

그에 법륜은 구양비의 속내를 짐작하고는 가볍게 대꾸했다.

"태영사의 생활은 이곳과 다릅니다. 내자(內子)에게 미안한 마음이 들기도 하지만… 아마 지금처럼 호화로운 생활은 힘들 겁니다."

"허나 재물이 있다면 그 상황이 조금 달라지지 않겠습니까?"

재물이 풍족하다면 살림이 더 나아지지 않겠냐는 물음이다.

"뭔가 오해가 있으신 듯한데… 숭산 근방에선 재물이 있어도 쓸 곳이 딱히 없습니다. 먹을 것, 입을 것 대부분을 희사(喜捨)를 통해 해결하다 보니 저자에 나가보아야 살 수 있는 것이 별로 없습니다. 고작해야 당과 정도일까요."

"으음……."

구양비는 법륜의 말에 마음속에서 갈등이 이는 것을 느꼈다.

고개만 끄덕이면 가문을 재건하는 데 필요한 재물의 상당 부분을 충당할 수 있었다.

"그만 고집부리고 받으시지요. 제가 아예 재물에 손을 안 대겠다는 것도 아니지 않습니까? 필요한 만큼은 반드시 가져갈 터이니 너무 걱정 마시고 챙겨두십시오. 앞으로 큰일을 하려면 꼭 필요합니다."

"큰일이라니요?"

"저는 구양세가가 앞으로 있을 전쟁의 정보를 담당하는 역할을 했으면 합니다."

법륜의 말에 구양비는 탄성을 터뜨렸다. 정보는 아무나 다루는 것이 아니다.

정보를 모을 세력이 필요했고, 그 정보를 분류하고 필요한 것을 뽑아낼 머리가 필요했다. 법륜은 구양비에게 그 자리를 제안한 것이다.

"허나 그것은 어렵지 않겠습니까? 제갈세가가 있는데……."

"물론 그렇습니다. 하지만 저희에겐 제갈세가가 가지고 있지 못한 것이 있지 않습니까?"

구양비는 법륜의 말에 한참을 고민하는 듯하더니 무릎을 탁 치며 소리쳤다.

"하오문!"

"맞습니다. 하오문의 장 향주는 차기 문주로 거론될 만큼

능력이 있는 사내입니다. 그리고 그는… 금룡수사에게 굉장히 호의적이지요."

"조 위사가 우리에게 합류한 이상 반드시 협력할 것이라고 생각하시는군요. 허나 황실과의 관계는 어쩌려고 하십니까?"

법륜은 구양비의 걱정에 빙긋 웃음을 지었다.

실로 간단한 문제였다. 황실의 지난 행적을 확인해 보면 되는 일이다.

"당금의 황상은 명교의 힘을 빌려서 건국했습니다. 허나 그 뒤는 어떻게 되었지요?"

"명교는 탄압당했고, 그 결과 십대마존이 튀어나왔지요."

"이번 일도 마찬가지입니다. 천마신교가 전면에 나선다면? 어렵게 기틀을 다진 제국 자체가 흔들릴지도 모릅니다. 과연 황상께서는 어떤 선택을 하실까요?"

"확실히… 가능성이 있겠습니다."

구양비는 법륜의 말에 깊은 장고에 빠졌다.

황실이 전폭적으로 지원해 준다면, 아니, 하오문의 정보망만 자유로이 사용할 수 있어도 엄청난 이득이다.

명(明) 전체에 뻗어 나간 하오문의 정보망은 팔대세가 전체와 견주어도 훨씬 뛰어나니까, 그야말로 압도적인 힘이다. 그러니 판단은 쉬웠다.

"좋습니다. 한번 해보지요. 조 위사에게는 제가 넌지시 뜻을 전하겠습니다."

"그럼 우리가 나눠야 할 이야기는 전부 끝마친 것 같군요. 어려운 시기에 어려운 선택을 해주셔서 감사합니다."

"끝났다니요? 아직 할 이야기가 남아 있지 않습니까?"

영문을 모르는 법륜의 눈동자가 구양비에게로 향하자 구양비는 기분 좋은 웃음을 터뜨렸다.

"그래서 얼마나 태영사로 들고 가실 겁니까? 우리도 금전이 좀 많이 필요한데."

그는 이제 한 가문의 가주가 되었다. 완벽하게.

"혼인을 축하드립니다."

남궁정원은 부친을 대신해 구양비에게 축하의 인사를 올렸다.

명가의 기품이 담뿍 묻어나는 인사였다. 그 어떤 곳보다도 항렬을 중시하는 세가에서 남궁철영이 직접 나서서 조카뻘인 구양비에게 축사를 올릴 수는 없으니 소가주인 남궁정원이 나선 것이다.

그리고 그 축사는 대남궁가의 소가주로서 한 가문의 가주에게 올리는 인사로 손색이 없었다.

"고맙군, 소가주."

한껏 예를 차린 남궁정원의 인사에도 구양비는 담담한 태도로 맞이했다.

남궁정원은 그런 구양비의 반응에 속으로 욕지거리를 내뱉었다.

같은 항렬이고 기존에 남궁세가가 구양세가에 조금 밀리는 듯한 모습을 보였어도 지금은 완전히 옛말이다.

판도가 뒤집혔다는 이야기다. 구양세가는 몰락했고, 남궁가는 이제 날아오를 일만 남았다.

그런데도 가주 위에 올랐다고 같은 항렬인 자신을 저리 아랫사람 보듯 바라보는 시선에 남궁정원은 부아가 치밀었다.

남궁정원의 표정이 와락 구겨졌다.

'다 무너져 가는 세가의 주인이 되었다고 기고만장한 꼴이라니.'

구양비 또한 남궁정원의 태도에서 일말의 짜증과 비웃음을 읽었지만 굳이 내색하지는 않았다. 그럴 필요가 없기 때문이다.

자신은 이미 한 가문의 수장이 되었고, 어차피 저들과는 다른 노선을 가야 했다.

굳이 이 자리에서 얼굴을 붉히며 힘을 뺄 필요가 없는 것이다.

'확실히 성장했군.'

남궁철영은 구양비의 태도를 지켜보며 그가 이미 한 가문의 주인으로서 갖추어야 할 역량을 대부분 갖췄다고 판단했다.

'필요한 것은 경험뿐이겠군.'

좋지 않았다. 남궁정원만 봐도 알 수 있는 사실이다.

차라리 팽가의 소가주 팽무기처럼 여우짓이라도 한다면 모르겠지만, 남궁정원은 우직한 곰이다. 그래서 남궁가의 가주 위에 더 어울릴지도 모른다.

'하지만…….'

남궁철영은 잘 알고 있었다.

우직한 곰은 싸울 때 그 진가를 발휘하지, 이런 상황에서는 하등 도움이 되지 않는다는 것을.

그렇기에 남궁철영은 다시 한번 울컥하려는 남궁정원을 제치고 앞으로 나섰다.

"혼례를 막 끝마친 사람에게 할 말은 아니지만 들어야 할 이야기가 있다고?"

"물론입니다. 허나 그 이야기는 당사자가 온 뒤에 하도록 하지요."

구양비는 그 말을 끝으로 침묵을 지켰다. 구양비의 침묵에 남궁철영은 주변을 둘러봤다.

구파인 화산파와 종남파, 그리고 팔대세가인 남궁가와 팽

가까지 올 사람은 전부 다 왔다고 봐도 좋았다.

'이미 모일 이들은 다 모인 것 같은데, 당사자라…….'

이곳에 모인 이들만으로도 하룻밤 사이에 문파 하나는 잿더미로 만들 수 있는 전력이다.

그런데 구양세가의 신임 가주는 자신들을 모은 당사자가 따로 있다고 말했다. 남궁철영은 분노를 터뜨리는 대신 곰곰이 생각했다.

"당사자라……. 여기에 배짱 좋게 우리를 모아둘 사람은 한 명뿐이로군."

구양비가 고개를 끄덕이자 남궁철영은 새어 나오려는 침음을 억지로 삼켜냈다.

신승. 말로는 많이 들었다.

소림의 파계승이자 가공할 무력을 지닌 인물. 이미 세간에선 신흥고수 열여섯 명을 두고 천하를 밝힐 새로운 별이라고 떠들고 있지 않는가.

"천하십육무성(天下十六武星)이라……. 간덩이가 부었나 보군."

남궁철영이 더는 참지 못하고 기세를 흘리자 구파의 노도들은 인상을 찌푸렸으며, 팽가의 소가주는 한 발 물러서기에 바빴다.

하지만 구양비만큼은 제자리에 앉아 물끄러미 남궁철영을

바라보고 있었다.

구양비는 제 자신의 담담하기 그지없는 태도에 스스로 놀라고 있었다.

남궁철영의 기세는 분명히 강력했다. 제왕의 검형을 갈고닦으며 풍기는 무겁고도 날카로운 기세와 남궁가의 제일신공이라는 대연신공의 기운이 사납게 짓누르는 와중에도 태연했다.

'강해. 하지만…….'

약했다.

남궁철영이 약한 것이 아니었다. 그간 그가 보아온, 그리고 겪어온 자들이 모두 남궁철영 이상이었다.

싸우면 이길 수는 없겠지만, 그 기세에 주눅 들지 않는다는 것만으로도 구양비는 충분하다고 생각했다.

"기세를 가라앉히시지요."

꿈틀.

구양비의 나무라는 듯한 말투에 남궁철영의 기파가 다시 한번 출렁였다.

상대를 늪으로 끌어들이는 것 같은 기운이 구양비의 몸에 달라붙었다.

마치 구양비를 진기로 압사시키려는 모양새였다.

"그만."

구양비의 무표정한 안색이 퍼렇게 물들어갈 때쯤, 가주전의 입구에서 들린 무감각한 목소리가 남궁철영의 기세를 막아냈다.

너울거리는 금빛 진기가 남궁철영과 구양비 사이로 파고들어 흐름을 끊어냈다.

"신승……!"

남궁철영이 고개를 입구로 돌리자 무표정한 얼굴의 법륜이 그를 주시하고 있었다.

남궁철영은 법륜의 시선에 오싹한 기분이 들었다.

'어찌 사람 눈빛이…….'

차라리 산중 대호의 눈빛처럼 강렬했다면 이리 기이한 감정을 느끼진 않았을 터이다.

법륜의 눈빛은 맹수의 눈빛과는 차원이 달랐다. 마치 모든 것을 굽어보는 듯한 눈빛이었다.

'마치 백 년 묵은 소림의 고승과 같지 않은가.'

마치 모든 것을 꿰뚫어 보는 것 같은 느낌. 제 속살이 낱낱이 까발려지는 느낌에 남궁철영은 저도 모르게 기세를 가라앉혔다.

남궁철영의 진기가 파들거리며 수그러들자 법륜은 가볍게 한 발을 가주전 안으로 디뎠다.

"나를 불렀나?"

"말은 바로 해라! 우리를 부른 것은 네놈이지 않은가!"

남궁철영의 굳은 얼굴을 보며 남궁정원이 앞으로 나서며 법륜을 막아섰다.

호기롭게 법륜의 앞을 막아섰지만 그의 속내는 시꺼멓게 죽어가고 있었다.

법륜을 막아서자마자 쏟아지는 막대한 압력. 부친이 그리 쉽게 물러난 것이 이해가 되었다.

'이 괴물 같은 놈이…….'

"빠져라. 너 같은 것에겐 볼일이 없으니."

법륜은 남궁정원의 어깨를 두드리며 그를 지나쳤다. 그리고 가볍게 내뱉은 한마디. 그 한마디는 남궁정원의 이성을 끊어놓기에 충분했다.

"형만 한 아우가 없다더니 다 거짓말이군. 역시 그가 훨씬 더 날카로운 칼이 되겠어."

뚜둑.

머릿속에서 무언가 끊어지는 느낌이 듦과 동시에 남궁정원은 칼을 빼 들었다.

"으아아!"

괴성과 함께 찌르는 검. 창졸간에 빼 든 검이었으나 남궁정원의 검은 빠르고 묵직했다.

하나 그것도 어디까지나 비슷한 경지에 있는 사람에게나

통하는 것. 법륜은 검지와 중지로 가볍게 두툼한 검신을 잡아챘다.

"남궁가의 소가주, 이곳은 그대가 나설 곳이 아니다."

법륜이 두 손가락을 움직이자 손가락에 붙잡힌 검신이 그대로 딸려왔다.

말 그대로 가지고 노는 수준. 법륜이 보여준 신기에 화산파와 종남파의 노도들이 서로 눈빛을 교환하며 고개를 끄덕였다.

'확실한 것 같군.'

'그래.'

한편, 팽가의 인물들은 모두 착 가라앉아 있었다. 소가주인 팽무기의 명 때문이 아니었다.

오로지 한 사람. 새로이 패왕전의 전주가 된 팽가의 젊은 호랑이 팽도경 때문이었다.

[지금부터 아무도 움직이지 마라. 위험해.]

팽도경이 허리춤에 매달린 흑색의 보도에 손을 올리자 패왕전의 무인들은 그의 명령에 토 하나 달지 못하고 입을 꾹 다물었다.

팽도경이 도를 뽑는다는 것이 어떤 의미인지 너무도 잘 아는 까닭이다.

패왕전을 처음 맡았을 때 패왕전의 무인들은 자신보다 어린 팽도경에게 복종하지 않았다.

그리고 불복에 대한 결과는 참혹한 대가로 돌아왔다. 팽도경이 도를 드는 순간, 하늘이 무너지는 것 같았으니까.

[소가주, 뒤로 물러서시오.]

팽무기가 고개를 끄덕이며 뒤로 물러나자 팽도경이 한 발 앞으로 나섰다. 언제든 도를 뽑을 수 있도록 만반의 준비를 끝마친 채로.

구파의 노도들이 눈빛을 교환하는 순간에도, 팽가의 전위에 팽도경이 앞으로 나섰을 때도 법륜은 남궁정원에게서 시선을 떼지 않았다.

비슷한 연배에도 압도적으로 차이가 나는 무공. 법륜은 그것을 보여주고자 했다.

앞으로 진행될 일에 누가 기선을 잡는가에 대한 기세 싸움이 중요했다.

채찍과 당근.

법륜은 그중에서 채찍을 먼저 선보였다. 그리고 그 채찍이 휘둘러진 방향은 팔대세가뿐만이 아니었다.

"화산과 종남."

눈빛으로 대화를 주고받던 화산파의 검객 청성 진인과 종남파의 도인 회주 진인은 법륜의 부름에 몸이 덜컥 멎는 기분이 들었다.

"굳이 입을 열지 않아도 시끄럽다는 것을 모르는가? 눈으로 떠들지 마시오."

구파의 배분마저도 무시해 버리는 무시무시한 발언이었다. 하지만 법륜의 발언은 그것이 끝이 아니었다.

"팽가, 그나마 쓸 만하군. 남궁가의 검성과 붙여놓아도 능히 살아남겠다. 이름은?"

"팽도경."

"좋군. 거도(巨刀)가 아님에도 능히 태산을 무너뜨리겠다. 팽가에도 사람이 있었군."

"지금 날 평가하는 건가? 그건 그것대로 기분이 나쁜데."

"좋을 대로 생각하라. 허나 이번 이야기가 끝나면 그대는 나를 다시 찾게 될 것이다. 이곳은 그런 세상이니까."

"……."

팽도경이 법륜의 말에 입을 다물자 아직까지 법륜의 손에 붙들려 있는 남궁정원이 소리쳤다.

"그만! 그만해라! 구양비, 어서 이자의 손을 놓게 하지 못하겠나!"

남궁정원의 절규에 남궁철영 또한 가문의 장자가 잘못될 것을 우려하여 끼어들었다.

"그쯤 하시게, 신승. 이 무슨 무례인가?"

남궁정원은 부친이 끼어들자 검신이 붙잡힌 상태에서 기고

만장한 표정을 지었다가 부친이 생각과는 달리 저자세로 나오자 당황했다.

"입버릇은 내가 잘 단속시키겠네. 그만하면 충분히 교육이 되었을 터이니… 내 이리 부탁함세."

남궁철영이 결국 한 걸음 물러서자 법륜은 손에 붙들린 검신을 던지듯 놓아버렸다.

남궁정원은 볼썽사납게 검을 떨어뜨린 채 신음을 흘렸다. 법륜은 어느 정도 분위기가 자신 쪽으로 흘러가자 입을 열었다.

"우선 여기 모인 여러분에게 내 사죄하겠소. 나쁜 의도는 없었으나 이리한 것은 분명 무례, 내 나중에 따로 다시 한번 사죄드리겠소. 허나 그 전에… 여러분이 들어야 할 이야기가 있소."

법륜은 구파의 노도들을 한차례 본 후 남궁철영과 팽무기를 번갈아 주시했다.

"이곳 섬서성에서 천마신교의 주구들이 발견되었소. 별호는 괴뢰마수. 천마신교가 중원에 발호할 준비를 모두 끝마쳤다 하더이다."

"…믿을 수 없는 이야기로군."

남궁철영이 가장 먼저 입을 열자 대부분의 사람들이 동감한다는 듯 고개를 끄덕였다. 하나 청성 진인과 회주 진인은 달랐다. 둘이 심각한 표정을 지우지 못하자 화산과 종남에서 둘을 따라온 제자들이 심각한 표정을 지었다.

법륜은 청성 진인과 회주 진인을 보며 가볍게 입을 열었다.

"믿을 수 없을지는 이 두 분의 이야기를 들어보고 결정하시지요. 그렇지 않습니까, 암은당에서 오신 두 분?"

암은당이라는 말에 두 사람의 얼굴에 머문 사람 좋아 보이던 미소가 쩌적 하고 갈라졌다. 그 표정만으로도 알 수 있었다. 법륜의 말이 진실임을. 그리고 앞으로 불어올 바람이 생각보다 더 거칠고 위험하다는 것을.

*　　　　*　　　　*

화산의 청성 진인.

그는 암은당에 몸담은 지 벌써 십 년이 넘어가는 노고수였다. 화산의 원로들이 암은당의 존재에 회의적인 시선을 보낼 때 그는 달리 생각했다.

화산에는 신검(神劍)이 버티고 있었고, 오래전 화산 도문에 귀의해 온 난신(亂神)이 있었다.

하늘이 꽉 막힌 상황에서 청성 진인 정도의 인물이 할 수 있는 일은 별로 없었다.

그래서 선택했다. 화산 원로들의 반대를 무릅쓰고 암은당에 가입했고, 그 자리를 십 년 넘게 지켜왔다.

하지만 십 년을 넘게 암은당에 몸 바친 청성 진인도 오늘 같은 일은 예상하지 못했다.

"그 무슨 소리인가?"

이렇게 공개적으로 암은당의 존재가 까발려지는 일은 있을 수 없는 일이었다.

그 당혹감은 종남의 회주 진인 또한 여실히 느끼고 있었다.

종남은 화산과 달리 암은당의 존재에 호의적이었다. 종남의 장문인은 믿을 수 있는 자로 하여금 암은당에 가입하게 했고, 그곳을 통해 강호 정세와 이변을 눈치채 누구보다 빠르게 대처할 수 있었다.

"고오얀! 어느 안전이라고 감히 그런 망발을 하느냐!"

회주 진인은 꼬장꼬장한 성격이 얼굴에 묻어나는 사람이었다.

쩍쩍 갈라지는 호통이 가주전을 뒤흔들자 장내에 자리한 모든 이들이 눈살을 찌푸렸다.

"진인!"

남궁철영이 무섭게 굳은 얼굴로 회주 진인을 압박하자 고개를 홱 돌린 채 입을 조개처럼 다물었다. 남궁철영은 법륜을 바라보며 심각한 어조로 입을 열었다.

"자네, 그 말 책임질 수 있나?"

암은당의 존재는 강호의 비밀이나 다름없었다.

팔대세가 중 하나인 남궁가의 가주인 자신조차 부친으로부터 그들의 존재에 관해 간단한 언질만 받았을 뿐이다.

그런 상황에서 법륜이 입에 담은 암은당의 실체나 다름없는 두 사람의 존재는 남궁철영에게 경각심을 심어주기에 충분했다.

"확실하오."

법륜은 단호한 어조로 남궁철영의 물음에 화답했다. 법륜이 청성 진인과 회주 진인이 암은당의 일원임을 알아챌 수 있는 방도는 너무나도 간단했다.

'타심통. 곤란하단 말이지.'

바로 타심통의 존재였다.

아무 때나 상대의 속내를 읽어버리는 타심통의 마각에 두 사람의 속내가 고스란히 들어온 것이다.

하나 타심통이 확실히 상황을 유리하게 이끌어주었지만 법륜의 속내는 답답하기 그지없었다.

첫째는 시도 때도 없다는 것이다. 두 번째는 타심통이 만들어내는 조화가 그에겐 약점이 될 수도 있다는 생각 때문이었다.

언제 어디서고 아무 때나 상대방의 속마음을 읽는다? 그것을 놀라워할 이는 평생을 수련에 쏟은 도인이나 고승뿐이다.

"어찌… 어찌 그리 확신할 수 있지?"

남궁철영이 법륜을 의심스러운 눈초리로 바라보자 구양비가 법륜을 거들었다.

"타심통."

구양비의 입에서 소림의 전설 하나가 언급되자 장내의 모든 이들이 놀라움의 탄성을 터뜨렸다.

하지만 그것도 잠시, 사람들의 눈이 가늘어지며 법륜과 구양비를 노려보기 시작했다.

"결국 이렇게 되는군."

법륜이 씁쓸한 어조로 읊조리자 구양비에게서 낮은 탄식이 터져 나왔다.

괜한 일을 했다는 생각이 든 것이다. 하지만 이미 엎질러진 물.

법륜은 그에 관해선 더 이상 언급하지 않기로 했다. 대신 그 화살을 청성 진인과 회주 진인에게로 돌렸다.

"청성 진인, 암은당에 적을 둔 지 십 년이 조금 넘었군. 신검과 난신이라. 신검은 짐작이 간다만… 난신이라……. 모를 일이로군."

난신이라는 두 글자에 청성 진인의 두 눈에 경악의 감정이 깃들었다.

청성 진인이 계속해서 얼빠진 표정을 짓자 법륜은 회주 진인을 향해 시선을 돌렸다.

회주 진인은 묘한 기운을 풍기는 도사였다. 무공을 오래 수련한 도사라고 보기엔 그 기운이 지나치게 유약했고, 또 무공을 익히지 않았다고 판단하기엔 두 눈빛이 지나치게 담담했다.

"이쪽은 저쪽보다 더 재미있군. 종남오도해(終南五圖解)라……. 오 년 전 복원되었다? 이건 꽤나 궁금한걸."

"네놈이 그걸 어찌……!"

회주 진인은 법륜의 입에서 못 들을 것을 들은 것처럼 안색을 붉혔다.

하나 청성 진인과 남궁철영의 안색은 달랐다. 종남오도해가 무엇인지 너무도 잘 알기 때문이다.

종남파의 무공은 천하삼십육검을 비롯해 절정의 검공이 유명했으나, 또 한 가지 유명한 것이 있었다.

바로 술진(術陣)이다.

종남파 술진의 근간이 되는 것이 바로 종남오도해였다.

비록 누군가를 살상하는 데는 위력이 부족할지 몰라도 오도해 중 하나인 방진술(方陣術)과 천하삼십육검의 조합은 어떤 공격도 막아낼 수 있다는 절공 중의 절공이었다.

"이미 맥이 끊겼다고 들었는데."

종남오도해가 유명한 이유는 다름 아닌 그 맥이 끊겼다는 점에 있었다.

천하삼십육검의 창안이 오도해 중 방진술에 기인한 것이라는 소문이 돌면서 그 위용이 전설처럼 전해졌기 때문이다.

그렇기에 법륜의 입에서 나온 종남오도해라는 이름은 좌중의 탄성을 자아내기에 충분했다.

또한 회주 진인의 반응으로 보아 종남오도해가 복원된 것은 분명한 것처럼 보였다.

"이 정도면 충분하오?"

남궁철영은 혹여 자신의 속내가 읽힐까 두려워 황급히 고개를 끄덕였다.

하늘을 우러러 한 점 부끄럼이 없다 생각했는데 누군가 자신의 속내를 읽을 수도 있다는 것을 깨닫자마자 문득 두려운 느낌이 든 것이다.

"좋소, 일단 그대의 말을 믿기로 하지. 그래도 타심통이라니……."

법륜은 남궁철영의 말에 어깨를 으쓱거렸다. 좋을 대로 생각하라는 뜻이다.

"그보다 이젠 앞으로의 일을 좀 논의해 보아야 하지 않겠소?"

"앞으로의 일?"

잠자코 지켜보고 있던 팽가의 소가주 팽무기가 앞으로 나서자 법륜이 가볍게 고개를 끄덕였다.

"내가 하릴없이 남의 속이나 들여다보고 있었겠나? 암은당의 이야기를 괜히 꺼낸 것이 아니야."

팽무기는 덩치답지 않게 얇은 입술을 혀로 핥았다. 아마 저 곰 같은 덩치 속에 자리한 여우가 머리를 팽팽 돌리고 있을 것이다.

'팽무기는 여우 같은 자이니 분명 내민 손을 거절하지 않을 것이다.'

잠시간의 고민을 마친 팽무기가 법륜을 똑바로 직시하며 입을 열었다.

"그래서 원하는 것이 뭐요? 천마신교의 발호에 앞서 암은당이라도 족쳐야 한다는 말이오?"

팽무기의 발언에 청성 진인과 회주 진인의 안색이 급격하게 어두워졌다.

암은당은 그간 강호의 물밑에서 엄청난 희생을 해왔다. 그 누구도 알아주지 않는 일이었고, 어디에 가서 자랑할 수도 없는 일을 도맡아 했다.

천마신교와의 싸움을 앞두고 암은당을 친다는 것은 어불성설이었다.

"암은당을 너무 우습게 보는군."

법륜이 팽무기의 생각을 무참히 짓밟자 팽무기의 얼굴이 와락 일그러졌다.

옆에 서서 흑색의 도신을 쓰다듬고 있던 팽도경의 얼굴 또한 깊은 고심에 잠긴 듯 어두웠다.

"암은당은 구파와 연관이 있다. 그리고 팔대세가의 누군가도 연관되어 있을지 모르지. 그런 세력을 적으로 돌리는 것은 멍청한 일이지. 하지만……."

법륜의 눈이 좌중을 휩쓸었다.

"친구가 된다면 어떨까?"

* * *

한참의 시간이 흐른 뒤 가주전에 모인 이들이 썰물처럼 빠져나가자 구양비와 법륜 두 사람만이 자리에 남았다.

"괜찮겠습니까?"

구양비는 법륜의 계획을 사전에 알고 있는 사람 중 하나였다.

또한 암은당에 관해 법륜에게 소상히 들은 사람 중 하나이기도 했다. 그렇기에 암은당에 대한 존재를 발설하는 것에 쉽사리 동조하기가 어려웠다.

시기상조.

구양비는 그렇게 생각했다. 천마신교가 발호한 뒤 암은당의 존재에 관해 밝혀도 무방하다고 생각한 것이다.

그때가 되면 어차피 모습을 드러내고 싶지 않아도 드러내게 될 터이니까.

하나 법륜의 생각은 달랐다.

켕기는 것이 없다면 처음부터 모습을 보이고 연수를 하자는 입장이다.

"상관없습니다. 어차피 내 뜻은 무당의 마도를 통해 전해졌을 터이니. 이번 일은 그저 최후통첩 정도 되겠지요."

법륜의 의도는 암은당의 존재를 강호에 까발리겠다는 것이었다.

그렇게 되면 그들은 모습을 드러낼 수밖에 없고, 결국 대의명분을 좇아 드러내 놓고 활동할 수밖에 없게 된다. 그것이 법륜이 의도한 바였다.

'겸사겸사 천지회와의 연계도 염두에 두고.'

이제 대부분의 준비가 끝났다.

남은 기한은 일 년. 법륜은 천마신교의 발호가 그리 먼 미래의 일이 아닐 것이라고 짐작했다. 지금 당장에야 괴뢰마수를 통해 경각심을 심어주었으니 잠잠하겠지만 그 웅크림이 얼마나 갈지 알 수 없었다.

그래서 남은 기한을 일 년으로 잡았다.

일 년 정도 잠잠한 모습을 보이면 또 다른 행동을 보일 테니까. 그동안 법륜은 많은 일을 해야 했다. 소림으로 돌아가 태영사의 무인들을 한 번 더 다독여야 했고, 조비영과 당천호를 통해 영입한 무사들을 한데 묶어 천지회라는 하나의 집단 속에 녹아들게 만들어야 했다.

"헌데… 암은당을 이토록 긁어놓았으니 이쪽으로 불똥이 튀지는 않을까 걱정이군요."

"그들은 쉽게 움직일 수 없을 겁니다."

"어찌 그렇소?"

"암은당의 당주가 누구인지 잊었소?"

"아!"

법륜이 희미한 미소를 드러내며 웃자 구양비 또한 깨닫는 바가 있었다.

현 암은당의 당주. 그는 무척 바쁜 사람이었다. 그가 책임지고 있는 집단이 하나 더 있기 때문이다.

그렇기에 그는 쉽게 움직일 수 없었다.

"허면 이제 힘을 기를 일만 남았군요."

법륜이 가볍게 고개를 끄덕이자 구양비는 안도의 한숨을

내쉬었다.

시간을 벌었다.

지금 당장 구양비의 심중에 떠오르는 단어였다.

“할 일이 많소. 일 년 후 하남에서 뵙겠소.”

법륜이 인사를 마치고 밖으로 나서자 하늘이 붉게 물들어 있다.

지금부터 무척 바쁜 하루하루가 계속될 것이다. 법륜은 그 사실을 직감했다.

새로운 무인들의 규합부터 암은당의 존재와 천마신교까지 이 모든 것이 하나로 귀결된다.

“전쟁……!”

구양철과의 전쟁을 끝마친 지 얼마 되지도 않았건만 새로운 전쟁을 준비하고 있는 자신을 보며 법륜은 쓰게 웃었다.

아무래도 피를 먹고 살아야 하는 이 업(業)은 평생 굴레처럼 따라다닐 것이다.

“가부간 빨리 결정을 내려야 할 거요, 암은당주.”

법륜은 붉게 물든 하늘을 한차례 올려다본 뒤 눈을 감았다.

그는 암은당주라 부르기엔 너무 큰 사람이었다. 그렇다면 본래의 이름을 불러주는 것이 인지상정.

법륜은 나지막이 글자를 허공에 수놓았다.

"아니, 무당의 검선이여."

암은당주이자 마도의 스승, 그리고 무림맹주. 그의 이름은 현도(玄道). 그보다 유명한 이름은 검선(劍仙)이었다.

제사십장(第四十章)

천지(天地)

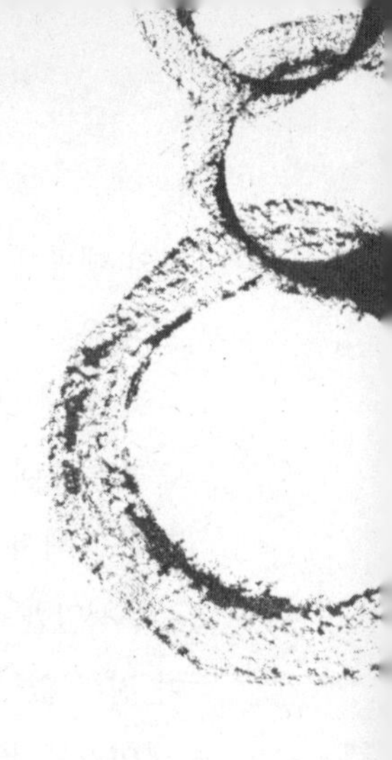

시간은 빠르고도 빠르게 흘렀다. 천지가 네 번의 옷을 갈아입고 다시 첫 번째 옷을 입었을 때, 검선 현도 진인은 무거운 몸을 움직였다.

언제나 맹에 머물며 강호에서 벌어지는 일들을 보고받던 일상과는 달리 이례적인 움직임이었다.

현도 진인의 몸은 무거웠으나 둔중하진 않았다. 정도맹회가 자리한 호북성 무한에서부터 하남 숭산까지 보통의 무인은 꿈도 꾸지 못할 속도로 주파했다.

게다가 옆을 지키는 수행원마저 없으니 갑자기 사라진 검선의 행방에 정도맹은 촉각을 곤두세웠다.

"후우."

하나 정도맹의 다급한 처사와는 달리 검선은 느긋했다. 정도맹은 오랜 세월 결속을 다져온 집단이었고, 그 하나가 사라진다고 해서 쉽게 무너지지 않을 것이라 판단했다.

무책임한 생각이었지만 검선은 본인의 판단을 뒤집을 생각이 전혀 없었다.

"여기부터인가."

숭산의 중턱에 이르자 주변을 감시하는 눈들이 늘어나기 시작했다.

그 눈들은 은밀하게, 그리고 또 차분하게 검선을 관찰했다.

소림의 승려였다면 응당 느껴졌을 불가의 기운은 한 줌도 느껴지지 않았다.

'언제까지 그렇게 지켜볼 텐가.'

검선은 주변을 둘러싼 눈을 하나도 놓치지 않고 받아들였다. 손님으로 왔으니 그런 눈초리쯤은 눈감아주겠다는 기색이 역력했다.

하나 그것과는 별개로 검선의 몸에선 강맹한 기파가 넘실거리고 있었다. 산에 오른 손님임을 인정하되 무례는 용납하지 않겠다는 뜻이다.

"귀한 손님이 오셨군."

언제부터였을까. 검선은 널따란 바위 위에 가부좌를 튼 채 앉아 있는 한 사내를 발견했다. 한 치의 위화감도 느낄 수 없는 모습.

검선 현도 진인은 나지막하게 침음을 흘렸다.

'여러 개의 시선 속에서 몸을 감추고 있었는가.'

사내의 몸에서 흘러나오는 허허로운 기운에 검선은 저도 모르게 침을 삼켰다. 아무리 진기를 죽이고 감추어도 느껴지는 것이 사람의 기운이다.

사내는 천하의 검선마저도 눈치채지 못할 만큼 감쪽같이 기운을 갈무리해 낸 것이다.

"그대의 이름은?"

"그것이 무에 중요할까. 천하의 검선께서 이렇게 직접 몸을 움직이셨는데."

사내의 말은 진중했으나 듣기에 따라서는 빈정거리는 것처럼 들리기도 했다.

검선은 사내의 반응에 고개를 끄덕였다. 이들은 알고 있었다.

자신이 이곳으로 찾아올 것을. 그것이 어떻게 가능했는지는 모르겠지만 이들은 기다리고 있었다.

"그런가? 그래도 이 노도(老道)는 알아야겠네. 이름이 무엇인가?"

"쓸데없는 것을. 허나 그래도 알고 싶다면… 하는 수 없지. 내 이름은 조비영이다."

"조비영?"

검선은 조비영이라는 세 글자를 되뇌면서 고개를 갸웃거렸다. 들어본 적이 없는 이름이다. 이는 실로 놀라운 일이었다. 정도맹에 기거하면서 필연적으로 많은 이야기를 들은 검선이다.

이번 후기지수 중 누가 최고라더라, 또는 누가 어떤 마두를 격살했다더라 하는 이야기가 쉴 새 없이 들려왔다. 그럼에도 검선의 뇌리엔 조비영이라는 이름이 남아 있질 않았다.

게다가 제자인 청인에 비해 십 년은 젊어 보였다. 이런 무인이 강호에 소문이 나지 않았다는 것이 더 이상하게 보일 정도였다.

"놀라운 일이로군. 들어본 적이 없는 이름이다."

"놀라운 일도 아니지. 지금껏 황실에 몸을 담고 있었으니까."

"으음……."

황실이라면 검선은 그럴 수도 있겠다며 고개를 끄덕였다. 당금의 황실은 용담호혈이다.

저런 젊은이가 있어도 이상할 것이 없는 곳이다. 한데 황실의 인사가 왜 여기에 있단 말인가. 검선은 불쑥 고개를 드는 의문에 다시 입을 열었다.

"의외로군. 황실의 인사가 강호의 일에 개입한다는 것은."

"전직이니 신경 쓸 것 없소. 그보다 이곳에서 지체할 시간이 있소? 시간이 금인 양반 아니오?"

조비영의 비아냥거림에 검선은 옅게 인상을 찌푸렸지만 입을 열어 반박하거나 선부르게 검을 뽑아 들진 않았다.

그 정도로 수양이 낮지 않은 까닭이다.

"과연."

조비영은 검선의 반응을 보며 고개를 끄덕였다. 검선의 깊은 수양에 감탄하거나 수긍한 것이 아니었다.

그는 법륜이 한 말을 되새기고 있었다. 한 치의 오차도 없는 반응.

조비영은 검선이 법륜을 만난다면 재미있는 일이 벌어지리라 생각하며 입을 열었다.

"올라가 보시오. 그리고 기회가 된다면 그 검을 한번 견식하고 싶군."

"그럴 일은 없을 것이다."

검선은 냉랭한 표정으로 걸음을 옮겼다. 얼마나 발을 놀렸을까. 이번엔 나무 위에서 목소리가 들려왔다.

"오랜만에 뵙습니다."

"너는……?"

검선은 나무 위에서 훌쩍 뛰어내린 사내 당천호를 보며 놀라운 표정을 감추지 못했다.

검선과 당천호가 만난 것은 이십여 년 전 당가의 태상가주이던 당명금의 칠순 때였다.

"당가의……."

"당천호라고 합니다."

당천호는 검선의 의아한 얼굴에 포권을 취하며 한차례 고개를 숙여 보였다.

강호의 선배를 대하는 후기지수로서의 예였다. 하나 당천호가 취한 예에는 한 가지가 빠져 있었다.

그것은 바로 경외(敬畏)였다.

검선이라는 큰 산을 대할 때 느끼는 중압감, 그리고 강호의 최고 배분을 지닌 선배를 대할 때 오는 어려움 같은 것이 전혀 묻어나지 않았다.

"자네……."

검선은 당천호의 담담한 태도에서 한 가지 사실을 느낄 수 있었다.

검선이라는 이름은 더 이상 외경의 대상이자 시대를 대표하는 이름이 될 수 없다는 것을.

'뒤 물결에 앞 물결이 밀려난다더니.'

검선은 그제야 법륜이라는 아이가 보여주고 싶어 한 것이 무엇인지 깨달았다.

신승이라는 별호로 근자에 더 유명한 법륜은 시대의 흐름을 보여주고 싶었으리라. 그렇게 생각하자 좀 전에 만난 조비영이란 사내가 보여준 담담한 모습이 어디에서 기인한 것인지 알 수 있었다.

"그런 것인가……."

"……."

당천호는 검선의 변화에도 아랑곳하지 않았다. 그저 그가 맡은 일을 수행할 뿐이었다.

"모시겠습니다. 회주께서 기다립니다."

좁은 산길을 걷는 두 사람은 아무런 말이 없었다.

당천호는 검선의 갑작스러운 변화가 마음에 걸렸고, 검선은 급격하게 시들어 버린 노인의 마음을 달래기에 여념이 없었다.

두 사람이 태영사의 산문에 도달했을 때에는 이미 땅거미가 짙게 내려오고 있었다.

태영사의 산문에서 검선은 그토록 고대하던 인물을 만날 수 있었다. 법륜이다.

"먼 길 오시느라 고생이 많으셨습니다. 안으로 드시지요."

"……."

법륜은 검선을 이끌고 안으로 들어섰다. 이미 백수에 가까운 노인인 검선은 노구를 이끌고 법륜이 끄는 대로 따라갈 뿐이었다.

법륜과 검선이 전각 안으로 들어서자 한 여인이 다구를 들고 따라 들어왔다.

"제 내자입니다. 이쪽은 강호에 명성 높으신 검선 어르신이지. 인사 올리시게."

"소녀 구양연이라고 합니다."

구양연이 검선을 향해 인사를 올리자 검선은 고개를 마주 끄덕였다.

"구양세가와 연을 맺었다는 소식은 전해 들었네. 축하가 늦어서 미안하군."

"감사합니다. 말씀 나누시지요."

구양연은 수줍게 인사를 하고는 차를 우려 따른 뒤 조용히 물러났다.

"드시지요."

법륜은 찻잔을 입에 가져다 대고 한 모금 음미한 뒤 심유한 눈으로 검선을 바라봤다.

검선은 법륜의 눈빛이 부담스럽다는 듯 시선을 피한 채 찻잔을 만지작거렸다.

처음 법륜을 찾아 숭산행을 택했을 때만 해도 어린 친구의 치기 어린 행동으로만 생각한 검선이다.

하나 숭산에 오르며 태영사의 인물들 면면을 보자 그 생각은 저만치 달아나 버렸다.

이제는 괜히 찾아왔다는 생각마저 들 정도로 고개를 들기가 힘들었다.

"먼 길 오시는 데 불편한 점은 없으셨습니까?"

"딱히. 신경 써주어서 고맙군. 그보다……."

검선이 어떻게 말을 꺼내야 하나 어물거리자 법륜은 가볍게 웃으며 입을 열었다.

"제 행동에 많이 곤란하셨을 줄로 압니다. 그 점에 대해선 이리 사죄의 말씀을 올리지요."

"사죄라……."

검선 현도 진인은 법륜이 사죄라는 말을 입에 담자 허탈한 표정을 지어 보였다.

기실 법륜의 행보에 촉각을 곤두세우며 밤을 지새운 나날이 오래였다.

두통을 선사한 당사자에게서 사죄라는 말을 듣자 현도 진인은 허무하다는 듯 입을 열었다.

"고작 그 말을 듣자고 온 것이 아닐세. 자네가 이리 단도직입적으로 나오니 나도 편하게 이야기함세. 대체 왜 그랬나?"

"더는 감추어둘 수 없다고 판단했기 때문입니다."

법륜은 검선에게 섬서성에서 있던 일에 대해 간략하게 설명했다.

검선은 법륜의 이야기를 들으면서 동조하는 부분도 있었지만 암은당의 존재를 밝힌 것에 대해선 부정적인 입장을 드러냈다.

"너무 성급했어. 암은당이 세상에 모습을 드러내지 않는 이유는 사람들이 알아봐야 좋을 것이 없어서였다네. 자네도 그것을 잘 알지 않나?"

"그렇습니다. 하지만… 제게 그 모습은 결코 좋아 보이질 않더군요."

"좋아 보이질 않는다?"

"이 세상은, 강호는 누구의 것도 아닙니다. 더불어 구파의 것도, 팔대세가의 것도, 그렇다고 해서 천마신교의 것도 아니지요. 강호 속에서 살아가는 무인들, 그리고 민초들의 것입니다."

검선은 법륜의 영문 모를 말에 인상을 찌푸렸다.

"그게 무슨 뜻인가?"

"저는 암은당이 결코 천하를 좌지우지하려 했다 생각지 않습니다. 오히려 반대겠지요. 그 누구보다 천하를 위하고 민생에 힘을 썼다 믿습니다. 한데 왜 감추려 하십니까?"

"후우."

검선은 그제야 법륜이 말하고자 하는 바가 무엇인지 알 수 있었다.

법륜은 암은당의 해체를 바라는 것이 아니었다. 오히려 세상에 모습을 당당히 드러내고 맞서 싸우길 원했다.

"그리 쉽지 않은 일일세. 자네도 내 제자 청인에 관해 많은 것을 알게 되었지? 그런 일들이 세상에 드러난다고 생각해 보게. 과연 어떻게 되겠나?"

"그것을 왜 걱정하십니까? 그저 흐르는 대로 놔두면 될 것을."

돌고 돌아 태극이라. 소림 출신의 무인에게 듣는 무당의 가르침이 낯설게만 느껴졌다.

"가능하리라 보는가?"

"혼란이야 있겠지요. 하지만 그 혼란을 감추려고 더 큰 혼란을 불러들이는 것이 결코 옳다고는 생각하지 않습니다."

"더 큰 혼란이라……."

검선은 법륜의 말에 눈을 감았다. 그리고 하나하나 되짚어 보기 시작했다.

암은당의 활동이 강호 정세에 미친 영향들. 단언할 수 있었다. 암은당은 혼란을 막아왔지 결코 분란을 야기하지 않았다.

'헌데 더 큰 혼란이라……. 천마신교의 발호 때문이라고 하

기엔… 도무지 알 수가 없구나.'

법륜의 연배에서는 알 수 없는 일이지만 검선은 알았다. 심지어 겪어보기도 했다.

천마신교의 발호는 이미 수차례 있었고, 그 발호를 막기 위해 검을 들고 고군분투하기도 했다.

"천마신교는 암은당만 나서도 잘 해결될 일일세. 지나친 기우야."

법륜은 검선이 장고 끝에 내놓은 말에 찬물을 끼얹었다.

"제가 천마신교 때문에 천지회를 일으켰다 생각하십니까? 그것 때문에 정녕 암은당의 존재를 강호에 내비쳤다 판단하십니까?"

"그게 도대체 무슨 말인가?"

검선은 법륜의 말에 어안이 벙벙했다.

천마신교 때문이 아니라면 도대체 무슨 정신으로 암은당의 존재를 강호에 털어놓고 천지회라는 도당을 결성한단 말인가. 검선이 지닌 사고방식으로는 도저히 이해할 수 없는 일이었다.

"제가 그런 결정을 한 것에는 별다른 이유가 없습니다. 굳이 이유를 찾자면… 기분이 나빴다고나 할까요."

기분이 나빴다는 말에 검선은 그게 무슨 소리냐는 듯 법륜의 두 눈을 직시했다.

법륜은 검선이 던진 무언의 질문에 빙긋 웃으며 입을 열었다.

"삼십여 년 전 세상을 어지럽혔다는 명목으로 한 사람이 천라지망에 갇혀 생을 마감했습니다. 그를 따르는 동료들과 함께. 세상을 어지럽혔다. 참으로 이상한 말이었지요."

법륜은 잠시 말을 멈춘 채 찻잔을 입에 가져다 댔다.

입안이 거칠었다. 차갑게 식은 찻물이 혀를 적시자 법륜은 찻잔을 내려놓고 말을 이었다.

"그 이야기를 처음 들었을 때 저는 참으로 이상하다고 생각했습니다. 실상은 세상을 어지럽혔다는 말과는 전혀 달랐으니까요."

"으음……."

검선은 법륜의 말에 주름진 두 눈을 감아버렸다. 법륜이 말하고자 하는 바를 명확하게 이해했다.

삼십여 년 전, 그 또한 그 자리에 서 있었기 때문이다. 법륜은 검선의 반응에 아랑곳하지 않고 재차 말을 이었다.

"그저… 그저 작게 보자면… 그래요. 사랑의 도피쯤이 되겠군요. 그런데도 불길이 번지는 것처럼 삽시간에 일이 커졌습니다. 그리고 그 속에 있던 내 아버지는 싸늘한 주검이 되었지요."

쨍!

검선은 법륜의 입에서 나온 아버지라는 말에 그만 손에 든 찻잔을 쥐어 터뜨려 버렸다.

알고 있었다. 신승 법륜의 부친이 천주신마 유정인이라는 것을. 평생의 지우이던 무허에게 직접 전해 들은 이야기다.

하나 자신이 유정인을 참살한 것과 암은당의 존재는 별개였다.

그건 어디까지나 맹회의 결정에 의해 벌어진 일이었고 암은당은 털끝만큼도 개입하지 않았다.

"그것은… 자네의 오해일세."

"지금 오해라고 하셨습니까?"

법륜은 검선의 얼굴을 빤히 바라보며 오해라는 말을 입에 담았다.

기억에도 남아 있지 않은 아비의 얼굴. 비록 마인이라는 오명을 뒤집어쓰고 비명에 갔지만 아버지라는 세 글자는 언제나 법륜의 심장을 뛰게 만들었다.

하나 아버지를 죽인 인물이 눈앞에 있건만 법륜의 두 눈은 지독하리만큼 냉정했다.

"내가 암은당의 존재를 강호에 밝힌 것은… 다시는 그런 사태가 벌어지지 않기를 바라서입니다."

"암은당은 개입하지 않았어. 그건 맹회의 결정이었다."

"그래서 더 그렇습니다. 그것이 맹회의 결정이었든 암은당의 개입이었든 나는 더 이상 그것을 두고 볼 아량이 없었습니다."

법륜은 검선을 향해 쐐기를 박았다.

"아시겠습니까? 만약 내 부친을 그대로 놔두었다면… 그래서 내 아버지가 지금 살아 계시다면… 내 인생은 많이 달라졌을 겁니다. 지금 이렇게 얼굴을 맞대고 있지도 않겠지요. 그래서입니다. 내 인생이 내 것이듯 강호의 운명도 강호를 살아가는 모든 이의 것입니다. 그것들을 마음대로 휘두르려고 하지 마십시오."

말을 마친 법륜은 냉정하게 돌아섰다.

"가시는 길은 배웅하지 않겠습니다. 그럼."

법륜은 그대로 자리를 떴다. 더 이상 나눌 이야기도 없었으며, 이야기를 나눈다고 해도 좋은 소리가 나올 것 같지 않았다.

법륜이 밖으로 나서자 전각과 멀리 떨어져 있던 구양연이 다가왔다.

"상공, 괜찮으세요?"

"괜찮소. 헌데… 조금은… 아주 조금은 힘이 드는구려."

구양연은 두 팔을 벌려 법륜을 감싸 안았다. 그녀는 법륜의 심정을 백분 이해했다. 비록 살을 맞대고 산 시간은 짧았지만 그녀 또한 겪어본 아픔이 아니던가.

“아버지는 살갑지 않은 분이셨어요. 또 지우지 못할 실수를 하신 분이기도 하죠.”

구양선을 이름이다. 구양선에 대한 처사를 잘못 결정했기에 구양세가는 풍비박산 직전까지 몰렸다.

“그런데도 아버지가 돌아가셨다는 생각을 할 때마다 이상하게 가슴 한편이 시큰거려요. 그런 것이 가족의 정 아닐까요?”

“맞소. 그것 때문인 것 같소.”

“상공은 큰 사람이에요. 아버님의… 원수를 눈앞에 두고도 대의를 위해 포기하셨잖아요. 강호인들도 알게 될 거예요. 상공의 결심과 대의를요.”

볍륜은 구양연의 말에 그녀를 안은 품에 힘을 주었다. 그녀의 말이 맞았다. 그가 검선을 대하고 힘들었던 이유, 그것은 검선이라는 존재 때문이었다.

부친의 원수, 그리고 그 원수를 갚을 수 있는 충분한 힘이 있음에도 그는 복수를 선택하지 않았다.

그저 흘러가는 대로 두었을 뿐이다. 검선은 앞으로의 행보에 꼭 필요한 사람이었고, 그의 부재는 강호 전체의 타격으로 돌아올 것이다.

그래서 그는 복수를 포기했다. 복수를 포기하고 얻은 상실감을 구양연은 고스란히 끌어안았다.

"고맙소."

법륜이 할 수 있는 말은 고작 고맙다는 말이 전부였다.

한편, 법륜이 떠난 전각 안에 남은 검선은 회한에 잠긴 얼굴을 두 손으로 쓸어내렸다.

자신이 던진 돌이 이렇게 커다란 파문으로 돌아올 줄은 예상하지 못했다는 것이 지금의 심정이다.

"강호의 운명은 강호를 살아가는 이들의 것이라……."

남들에게 휘둘리지 않겠다는 말이다. 그 말은 곧 두 가지를 의미했다.

망둥이처럼 날뛰다 짓밟혀 그대로 역사의 뒤안길로 사라지는 것이 하나, 반대로 강호를 좌지우지하는 높은 곳에 올라 타인의 의지에 휩쓸리지 않고 자신의 뜻을 관철시키는 것이 또 다른 하나이다.

"그것이 그리 쉬웠다면……."

이렇게 검선을 비롯한 강호의 노고수들이 암은당에 모습을 감춘 채 고군분투하지 않았을 것이다. 검선의 입장에선 그야말로 꿈같은 이야기다.

하나 검선은 그 허황된 꿈이 멋지다고 생각했다. 나이를 먹고, 무공이 완숙의 경지에 이르고, 강호의 명숙 대접을 받으면서 단 한 번도 생각해 보지 못한 것들이다.

"내… 기대해 보지."

검선은 그대로 떠나갔다. 그의 심중에는 앞으로 암은당이 나아가야 할 방향과 길이 설정되고 있었다.

*　　　*　　　*

검선이 돌아가고 며칠 뒤, 태영사에 새로운 손님이 찾아왔다.

그 얼굴은 전혀 예상치 못한 얼굴이었다. 법륜은 새롭게 찾아온 손님을 향해 의문스러운 표정을 던졌다.

"이것은 전혀 예상 밖이로군."

"그렇소?"

"이곳에서 그대의 얼굴을 보게 될 것이라곤 예상하지 못했으니까."

"그것은 나도 마찬가지요. 본산의 어르신들이 아니었다면 오지 않았을 테니까."

매화 향을 짙게 풍기는 사내 백청학은 법륜을 앞에 두고 입맛을 다셨다. 그로서는 결코 오고 싶지 않은 길이었다. 청성 진인이 꺼낸 한마디가 아니었다면.

"그는 난신(亂神)의 존재를 알고 있다."

난신이라는 두 글자는 화산 내에서도 입 밖으로 꺼내는 것이 금지된 금기 중의 금기였다. 그런 난신의 이름이 법륜의 입에서 나왔다는 것은 사건 중에서도 대사건이었다. 그리고 그 난신의 존재가 세상에 밝혀진 것 또한.

"그런가."

법륜은 백청학이 자신을 찾아온 이유에 대해서 듣지 않았음에도 충분히 연유를 알 것 같았다.

아마도 구양세가에서 화산의 심기를 긁은 것이 주요했을 것이다.

'그리고 저 친구가 찾아온 것도… 모르긴 해도 좋은 이유는 아닐 것이다.'

법륜은 백청학을 떠보기로 결심했다.

만약 그가 별다른 의도 없이 자신을 찾아왔다면 모르겠지만 만약 특별한 의도를 가지고 있다면, 그리고 그 의도가 자신과 천지회에 악영향을 미친다면 결코 좌시하지 않을 것이다.

"암은당에서 지시를 받았나? 아니, 말이 잘못되었군. 청성진인이 무엇을 부탁하던가?"

법륜이 이렇게 직접적으로 나올 줄 몰랐던 백청학은 저도 모르게 안색을 찌푸렸다.

"그런 것이 아니오. 암은당이나 청성 사숙은… 내가 찾아온 것과 전혀 관계가 없소."

"관계가 없다?"

"내가 찾아온 이유는… 한 분의 부탁을 받았기 때문이오."

백청학은 그의 이름을 꺼내는 것조차 부담스럽다는 듯 조심스럽게 말을 꺼냈다.

"부탁이라……."

"화산에는… 다른 구파가 감추고 싶어 하는 비밀이 있는 것처럼 몇 가지 비밀이 있지. 당신이 청성 진인께 말한 것도 그중 하나요."

"비밀이라……."

법륜은 청성 진인에게 한 말을 곰곰이 되새겼다. 그러자 청성 진인에게 남긴 한마디가 떠올랐다.

신검과 난신. 신검이야 버젓이 강호행을 하고 있으니 문제가 된 발언은 아마 난신일 것이다.

"난신이라는 존재가 무엇을 부탁했지?"

"과연. 바로 정답에 도달하는군. 그분의 예상이 딱 들어맞는군."

"그분이라……. 이상한 표현이군. 화산에서 감추고 싶어 하는 비밀. 그걸 보면 결코 좋은 쪽은 아닌 것이 확실한데 말이지. 그런데도 그분이라 칭한다?"

백청학은 법륜의 의문에 씁쓸한 미소를 머금었다. 난신의 존재가 드러나지 않았다면 모르되 이제 와서 감추려 하면 더 이상하게 보일 것이 분명했다.

"맞소. 그분은 아주 오래전 화산에 몸을 의탁하신 분이지. 난신이라는 명칭과는 다르게… 아주 조용한 분이시오. 그런 그분께서 그러시더군. 소림 출신의 무인 하나를 만나고 오라고."

"그게 나란 말인가?"

백청학이 고개를 끄덕이자 법륜은 손으로 턱을 괸 채 고심에 잠겼다.

화산의 난신이라는 존재가 무엇을 원하는지 알 길이 없었다. 아무리 생각해도 의문이 풀리질 않자 법륜은 백청학에게 단도직입적으로 물었다.

"그래서?"

"그래서라니?"

"난신이라는 존재가 나를 만나고 오라 하지 않았는가? 그가 무엇을 요구했지?"

"아무것도 요구하지 않았소. 단지… 나보고 선택하라 하더군."

"선택?"

"자존심 상하는 일이지만… 그대의 밑으로 들어갈지 말지를 결정하라 했소."

피식.

백청학의 말에 법륜은 실소를 머금었다. 떡 줄 사람은 생각지도 않는데 군침부터 흘리는 꼴이라니.

"그래서 결정했나?"

"아직은."

백청학은 자리에서 일어나며 허리춤에 매달린 검을 툭 건드렸다.

"한 판 붙어봅시다. 내가 지면 군말 않고 몸담겠소. 허나… 내가 이긴다면 없던 일이 되겠지."

"구미가 당기질 않는군."

"뭐라?"

"당신이 천지회에 가입하든 안 하든 나는 아쉬울 것이 없어. 조금 더 내 흥미를 끌 만한 제안을 해보는 것이 좋을 것이야. 이를테면… 난신이라는 존재를 만나게 해준다던지……."

난신을 만나게 해달라는 말에 백청학은 인상을 찌푸렸다. 그는 화산에서 움직일 수 없었다. 아니, 움직여서는 안 되는 존재였다.

게다가 난신의 일거수일투족은 화산 원로들의 감시를 받는다.

그런 존재를 만나게 해달라는 법륜의 부탁은 백청학으로선 들어줄 수 없는 것이나 다름없었다.

"그 문제는 내가 확답을 줄 수 없소. 허나… 내가 당신 밑으로 들어간다면 가능성이 아주 없는 것도 아니지. 어떻소? 해보시겠소?"

백청학을 수하로 거둔다면 화산과 긴밀한 관계를 맺게 될 것이고, 그 연으로 난신도 만날 수 있다는 말이다. 법륜으로선 손해 볼 것이 전혀 없는 조건이었다.

"좋아, 붙어보지. 따라오시게."

법륜은 백청학을 인적이 드문 공터로 이끌었다. 오랜만의 비무. 법륜은 지난 일 년간 본신의 전력을 발휘한 적이 단 한 번도 없었다.

태영사에 절대지경에 버금가는 무인 둘이 머물고 있음에도 법륜은 그들과 단 한 차례의 비무도 하지 않았다.

별다른 이유는 없었다. 당천호와 조비영 둘 모두가 원하지 않았기 때문이다.

'오랜만이군.'

두려움이 아닌 가벼운 홍분. 법륜은 첫날밤을 마주한 새색시처럼 가슴이 두근거리는 것을 느꼈다.

하나 백청학이 검을 뽑아 드는 순간 법륜은 가볍게 상대하려던 마음을 버렸다.

지난날 얼핏 맡은 매화 향기는 착각이 아니었다. 꽃 한 송이 없는 이 공터에 꽃향기가 질식할 정도로 짙게 퍼져 나갔다.

"검향지경. 화산의 전설을 목도한 이상 전력을 다하겠네."

법륜은 망설임 없이 전력을 끌어냈다. 황금빛 광채가 솟구치자 백청학도 손에 쥔 검에 힘을 배가했다.

까드득!

금강령주의 진기가 올올이 풀려 나와 전신을 뒤덮었다. 그 모습은 소림의 금강동인을 연상시켰다. 선공은 백청학이 했다.

법륜이 풀어내는 기세에 자극을 받은 듯 화산의 상징이나 다름없는 매화검을 떨쳐냈다.

위에서 내려치는 매화검의 검격은 화산의 가르침과는 많이 달랐다.

화산의 절공인 이십사수매화검법은 환검의 묘리를 가득 살린 검공. 하나 백청학의 검격은 산이라도 허물 것 같은 기세를 품고 있었다.

쩌어엉!

법륜은 두 손을 합장해 백청학의 검격을 막아냈다. 정신이 아찔할 일격이었다.

하나 법륜은 백전을 경험한 고수. 백청학이 내려친 일검에 엄청난 충격을 받았음에도 반격의 여력을 가지고 있었다.

사납게 치고 들어오는 백청학의 검격에 법륜의 눈이 번쩍였다.

쩡!

쩌정!

백청학의 무거운 검격을 비켜낸 손이 검을 든 팔 아래로 흘러들어 갔다. 법륜의 신안이 그 틈을 찾아내고 금강령주의 진기가 그 틈을 비집고 들어갈 힘을 공급했다.

보통의 무인이었다면 빈틈이라 생각지도 못했을 곳을 찌르고 들어갔다.

"치잇!"

백청학은 한 번도 당해본 적 없는 빈틈을 노리는 공격에 거친 경호성을 내뱉으며 몸을 뒤로 뺐다.

법륜은 그 틈을 놓치지 않았다. 능공제의 쾌속한 움직임으로 따라붙었다.

이어지는 수는 진공파. 거대한 경력이 폭발적으로 터져 나가자 백청학은 검을 사선으로 들어 전면부를 보호했다.

'무지막지하군.'

화산에는 이런 무공을 구사하는 이가 없었다. 화산의 검공은 절묘하고 변화무쌍하다.

그래서인지 막강한 위력으로 짓누르는 무공보다 상대의 눈을 어지럽히고 그 빈틈을 찔러들어 가는 무공이 주다. 경지에 오르면 그런 것들이 하등 상관없는 일이 되지만, 법륜이 구사하는 무공의 파괴력은 그 예상마저 아득히 뛰어넘고 있었다.

한편, 법륜은 코앞에서 터진 진공파를 무리 없이 막아내는 백청학을 보며 문득 아깝다는 생각이 들었다.

우군이 된다면 둘도 없는 천지회의 전력이 되겠지만, 백청학은 그럴 생각이 전혀 없어 보였기 때문이다.

'그때 보인 가벼운 모습은…….'

거짓이다. 백청학은 그 누구보다 진중한 사내였다. 검을 떨쳐내는 모습을 보면 알 수 있었다. 일검, 일검이 태산과도 같았다.

그런 사내의 성정이 가볍다? 절대 그럴 수 없었다. 무공은 무인의 성정을 따라가기 때문이다.

'내게 지면 천지회에 적을 두겠다고 했지. 좋아.'

본인이 내뱉은 말이니 아마 결과에 불복하진 않을 것이다. 그렇다면 전력으로 무릎을 꿇린다.

법륜은 양팔을 축 늘어뜨린 채 백청학을 응시했다.

"아까 한 약속, 진심인가?"

"물론."

"그렇다면……."

법륜의 양발에서 황금빛 기파가 터져 나갔다. 질주하는 능공제다. 흘러가는 바람을 온몸으로 가르며 나아가니 땅거죽이 터져 나가며 흙먼지가 자욱하게 일어났다.

법륜은 달려나간 기세 그대로 백청학을 향해 부딪쳤다.

퍼어엉!

천공고가 허공을 격하고 터져 나갔다.

백청학과는 불과 일 촌(寸) 거리. 막대한 경력이 일궈낸 폭풍에 백청학의 몸이 주르륵 뒤로 밀려났다. 이어지는 손속은 과감하고 인정이 없었다.

장심(掌心) 한가운데 모인 붉은 구슬. 제마장의 적옥이 백청학의 몸을 뒤덮었다.

백청학의 전신을 부숴 버리겠다는 듯 망설임이 없었다.

백청학은 눈앞에서 맹렬하게 회전하는 붉은색 구슬을 보며 침을 꿀꺽 삼켰다.

'위험하다.'

머릿속에 경종이 쉬지 않고 울렸다. 이건 어설프게 막았다간 그대로 죽는다.

백청학은 사선으로 든 검을 재빠르게 휘두르기 시작했다. 격식이라곤 없는 불규칙적인 움직임이었다.

하나 법륜은 알았다. 저 움직임이야말로 적옥의 파괴력에서 제 몸을 온전하게 지킬 수 있는 묘수라는 것을.

콰아앙!

폭음이 가라앉고 불어오는 바람에 먼지가 가라앉자 결과가 드러났다.

백청학은 숨을 헐떡이고 급하게 진기를 끌어올려 입가에 옅은 핏줄기가 보이는 것을 제외하곤 멀쩡했다.

"과연 화산의 새로운 신검이라더니 자격이 있다."

"허억, 허억, 네놈……."

백청학은 입가에 흐르는 핏줄기를 훔치며 검을 고쳐 쥐었다. 낭패를 보긴 했지만 싸우지 못할 것도 없었다.

아직 백청학은 자신의 성명절기를 꺼내 들지 않았다. 그럼에도 법륜은 들끓는 진기를 가라앉히며 더는 싸울 의사가 없다는 것을 분명히 했다.

"왜지?"

백청학이 법륜을 향해 검을 겨누며 소리치자 법륜은 어깨를 으쓱거렸다.

"더는 싸울 마음이 안 든다. 단지 그것뿐. 당신을 무시한다거나 경시하는 것은 아니니 쓸데없는 생각은 접어두게."

법륜은 등을 돌려 가장 가까워 보이는 바위 위에 털썩 주저앉아 백청학을 향해 손짓했다.

이리로 오라는 뜻이다. 백청학은 법륜의 행동에 부아가 치밀었지만 곧 검을 회수하고 천천히 걸음을 옮겼다.

"어째서 멈췄지?"

백청학은 여전히 승복하지 못하겠다는 표정으로 법륜을 노려봤다.

"말했잖나. 싸울 생각이 들지 않았다고."

"지금 장난하자는 것이오? 그 이유를 묻지 않소, 지금!"

"이유라……."

법륜은 싱거운 웃음을 짓고는 백청학을 향해 손짓했다. 일단 자리에 앉으라는 뜻이다. 법륜이 계속해서 권하자 백청학은 마지못해 바위 위 빈 곳을 찾아 앉았다.

"별다른 이유는 없네. 그만하면 되었다는 생각이 들었을 뿐."

"그만하면 되었다? 지금 나를 무시하는 것이오?"

법륜은 그제야 백청학이 열을 내는 이유를 알겠다는 듯 미소를 지었다.

백청학은 높은 경지에 이른 무인. 법륜의 일격을 무리 없이 막아냈다는 것만으로도 드높은 호승심과 자신이 이룩한 경지에 대한 자부심을 충분히 느낄 수 있었다.

법륜이 고개를 절레절레 젓자 백청학은 어서 다른 이유를 대보라는 듯 눈을 부라렸다.

"이 이상 하면 서로 피를 보겠지. 굳이 피를 흘려가며 원을 쌓을 필요는 없다고 생각했을 뿐 결코 다른 의도는 없네."

"나는 충분히 막을 수 있었소."

"그렇겠지."

법륜이 두 눈을 지그시 바라보자 백청학은 법륜의 시선을 피하지 않고 마주 봤다.

법륜의 티 없는 눈동자가 보였다. 백청학은 그 눈이 부담스럽다는 듯 홱 고개를 하늘로 들었다.

"제길."

한참 동안 하늘을 올려다보던 백청학의 입에서 나지막한 말이 흘러나왔다.

"화산의 난신께서 나보고 소림으로 가라고 했을 때 나는 내키지 않았소."

"왜지?"

백청학의 고개가 땅으로 떨어졌다.

"잡아먹힐 것 같았으니까. 화산에서 그 누구도 내 일검을 막지 못했소. 적어도 동년배 중에서는. 헌데 구양세가에 가보니 괴물들이 판을 치고 있더군. 아직 넘어설 자신이 없었기에 이곳에 오는 것이 꺼려졌소. 그리고 그 결과가……."

명백하게 드러났다. 백청학은 결코 법륜을 넘을 수 없었다. 그럼에도 비무를 제안한 이유는 확인해 보고 싶었기 때문이다.

지피지기면 백전불퇴라 했던가. 자신의 경지를 알고 있었고, 법륜이 이룩한 것을 확인하고 정진한다면 충분히 넘어설 수 있을 것이라 판단했기 때문이다.

"그랬군. 그래서 원하던 답은 얻었는가?"

"얻지 못했소. 얻었다면 이렇게 허탈해할 이유도 없겠지."

"그렇다면 여기에 머물며 얻어보는 것은 어떤가?"

법륜은 백청학에게 이곳에 머물 것을 제안했다. 애초에 비무에 진 쪽이 승복하기로 했으나 법륜이 그대로 물러나며 없던 일이 된 지금 법륜의 제안은 백청학에게 가뭄의 단비와 같았다.

하나 백청학은 법륜의 제안을 일언지하에 거절했다.

"그럴 수는 없소."

"난신이라는 존재 때문인가?"

백청학이 고개를 끄덕였다.

"난신이라… 참으로 알 수 없는 존재로구나."

백청학 정도의 무인을 옭아맬 수 있다면 분명 무언가 있어도 있었다.

그것이 화산에서 지니는 지위이든 아니면 무공이든.

"헌데 궁금한 것이 하나 있군. 분명 난신이란 존재가 결정하라고 하지 않았는가? 천지회에 몸담을지 말지 선택하라고."

"그건……."

백청학은 난처한 표정으로 법륜의 시선을 회피했다.

무언가 더는 말 못할 사정이 있는 것 같아 법륜은 추궁을 그만뒀다.

“되었네. 각자의 사정이라는 것이 있는 법이지. 허나 그대가 내뱉은 말에는 책임을 져야 하지 않겠나?”

백청학은 무거운 얼굴로 고개를 끄덕였다.

“맞소. 내 독단으로 그분을 만나게 해줄 수는 없지만… 한 가지만은 알려줄 수 있겠군. 난신께서는… 아주 오래전 화산에 귀의하신 분이오. 자세한 내막은 모르지만… 세상의 온갖 평지풍파를 다 몰고 다녔다고 하더이다. 그런 분이 어째서 뒤늦게 도문(道門)에 귀의했는지는 모르겠지만 그분은 인간의 상상을 아득히 초월하시는 분이오.”

“상상을 초월한다?”

“그분은… 그분은 정확히 미래를 볼 수 있소.”

미래를 볼 수 있다는 말에 법륜은 두 눈을 동그랗게 떴다. 예지의 능은 자신도 갖고 있지만 원하는 때에 원하는 것을 볼 수는 없었다. 한데 난신이라는 존재는 정확히 미래를 볼 수 있다고 한다.

“그렇다면…….”

“맞소. 그분은 예언자. 이미 그대와 천지회에 대해서 보았고, 미래를 예견하셨소. 어떤 식으로든 내가 그대의 곁에서 싸우는 모습을 보셨겠지. 그래서 나를 여기로 보내셨을 테고.”

"미래를 보는 예언자라……."

쉽게 믿기 어려운 이야기였지만 법륜은 백청학의 말을 믿었다. 그럴 수밖에 없었다.

가장 먼저 본인조차 타인의 마음속에 들어갔다 나온 것처럼 읽어버리지 않나. 게다가 그가 만나본 이들 중 누군가는 반인반수였으며, 또 한 사람은 영(靈)과의 계약을 통해 힘을 구사했다.

미래를 읽는 자가 있다는 것을 믿지 못할 이유가 어디에 있겠는가.

하나 난신이라는 자가 백청학을 통해 자신을 만나보길 원한 것에 대한 연유는 쉽게 짐작할 수 없었다.

그가 보는 미래 속에서 자신은 어떤 모습일지. 분명히 흥미로운 이야기였다.

"흥미롭다. 허나 그 의도는 짐작할 수 없군."

법륜이 백청학을 물끄러미 바라보자 백청학은 헛기침을 했다.

"그렇게 보아도 내가 답해줄 수 있는 것은 없소."

"그렇겠지."

백청학 또한 영문도 모른 채 숭산으로 보내졌다 하지 않는가. 법륜은 당연하다는 얼굴로 고개를 끄덕였다.

무공의 경지를 떠나 신비한 이능(異能)을 지녔다는 것은 평범한 사람으로선 그 속을 헤아리기 힘든 일이었다.

"그런 것은 아무래도 상관없다."

법륜은 아무래도 좋다고 생각했다.

상대가 미래를 읽는다고 해서 자신에게 딱히 해가 생길 일도 없고, 혹 자신에게 불리한 미래가 다가온다고 해서 남 탓을 할 생각도 없었다.

필요하다면 모조리 깨부수고 앞으로 나아갈 준비가 법륜에겐 되어 있었다.

"좋다, 미래를 본다면 앞으로의 일도 충분히 예견이 가능하겠지."

"물론. 사실… 난신께서 부르기 전엔 당신의 말을 믿기 어려웠지. 하지만 지금은 아니야. 당신의 옆에 서지 않더라도 나는 그들과 싸울 준비가 되어 있다."

"우스운 말이로군."

법륜은 백청학의 다짐을 우습다는 말로 일축했다. 눈앞에서 본 것은 믿지 못하면서 고작 누군가의 말은 저토록 쉽게 믿다니. 백청학도 그 사실을 깨달았는지 멋쩍은 표정을 지어 보였다.

"나도 알아. 지금 내 행태가 우스울 수밖에 없겠지. 허나 약속하지. 화산은 몰라도 나 백청학은 그들과 싸운다. 그것이면 되지 않겠나?"

백청학은 결연한 표정으로 검을 툭 건드렸다. 필요하다면 모조리 베겠다는 의지가 담겨 있었다. 그때, 법륜과 백청학이 있는 공터로 한 사람이 다가왔다.

평범한 걸음, 그리고 평범한 호흡. 이곳에서 무공을 익히지 않은 자는 단 두 명뿐이다.

법륜은 단번에 공터로 다가오는 자가 누구인지 눈치챘다.

"숙부."

천주신마를 따르던 마인이었으되 이제는 모든 것을 내려놓고 태영사의 전반적인 살림을 관리하는 총관의 역할을 수행하는 자. 법륜이 숙부로 모신 해천이었다.

백청학은 법륜에게 누구냐는 얼굴로 눈짓했다. 법륜은 백청학이 묻는 바를 눈치챘으나 고개조차 돌리지 않은 채 해천을 향해 깊이 허리를 숙였다.

"말씀 중에 죄송하지만… 급히 알려드릴 것이 있어 이리 찾아왔습니다. 이쪽은 화산에서 오신 손님이군요. 처음 뵙겠습니다. 태영사의 총관 해천이라고 합니다."

"화산의 제자 백청학입니다."

해천의 인사에 백청학이 포권을 취해 보였다. 정확한 내력은 알 수 없었지만 법륜이 숙부라 칭하는 것을 보면 함부로 대할 위인은 아니라고 판단했다.

"그러시군요. 화산에 새로운 신성이 있다 하더니 그 명성이 헛되지 않았습니다."

해천은 백청학에게 가볍게 인사를 건넨 뒤 법륜을 바라봤다. 할 말이 있어 찾아왔으니 조용히 이야기를 나누고 싶다는 의사 표현이다.

법륜은 그런 해천을 지그시 바라보다 고개를 끄덕였다.

"하시고자 하는 말씀이 아마도… 천마신교에 관한 것이겠지요?"

"그렇습니다."

해천이 계속해서 백청학의 주의를 살피자 법륜은 괜찮다는 표정으로 해천에게 손짓했다.

들어도 상관없으니 이야기해 보라는 뜻이다.

"구양세가에서 서신이 왔습니다. 섬서성에서 암약하던 천마신교의 주구들이 모습을 드러냈다고 하더군요. 거기다가… 이것을 좀 보십시오."

해천이 소매에서 서신 하나를 꺼내 건넸다. 법륜은 해천이 건넨 서신을 읽다가 진정으로 놀랐다는 표정을 드러냈다.

"이게 정말입니까?"

"하오문을 통해 전달받은 정보이니… 신빙성은 충분히 있습니다."

옆에서 두 사람의 대화를 듣고 있던 백청학은 섬서성에서 일이 발생했다는 이야기를 듣자마자 안절부절못하는 표정을 지어 보였다. 섬서성은 화산이 자리한 곳. 천마신교의 주구가 활동을 시작했다는 것은 곧 화산이 위기에 처했을지도 모른다는 뜻이다.

"도대체 무슨 일이 벌어지고 있는 거요?"

법륜은 입 아프게 떠드는 것보다 한 번 보는 것이 낫다고 판단했는지 손에 든 서신을 백청학에게 건넸다.

백청학은 서신을 펼쳐 읽자마자 다급한 표정으로 법륜에게 인사를 건넸다.

"이만 돌아가 봐야겠소."

"그래야겠지."

법륜은 백청학에게 고개를 끄덕였다. 백청학은 법륜의 인사를 받는 듯 마는 듯 황급히 산을 내려갔다.

화산의 대표적인 경공인 암향표로 전력을 다해 산을 내려가는데 그 속도가 누구도 쉽게 따라가지 못할 정도로 빨랐다.

"괜찮겠습니까?"

해천은 법륜을 향해 걱정스럽다는 듯 물었다. 하남에서 섬서까지는 먼 길이다.

하루 종일 쉬지 않고 전력을 다해 경공을 펼친다고 해도 보름은 걸리는 거리이다.

"저 친구가 없어도 화산은 괜찮을 겁니다. 허나 쉽게 넘길 수 없는 일이겠지요."

법륜은 씁쓸한 표정으로 백청학이 떠나간 길을 바라봤다. 구양세가에서 전해온 서신에는 섬서성의 현 상황이 대략적으로 표현되어 있었다.

섬서성에서 천마신교의 주구들이 활동을 재개함. 그들은 가장 먼저 화산에 모습을 드러냈으며, 수괴는 괴뢰마수 황곤으로 추정. 어린아이의 모습을 하고 있으며 그를 따르는 무리는 기괴한 움직임을 보임.

어린아이의 모습에 괴뢰술. 황곤이 틀림없었다.

하나 법륜은 화산을 걱정하지 않았다. 화산에는 금분세수를 했다고 해도 기존에 신검으로 불리던 이가 건재했으며, 새롭게 알게 된 난신이라는 존재도 머물고 있었다.

법륜은 화산이 그리 쉽게 무너지지는 않을 것이라 판단했다.

"문제는 다른 곳이로군."

"그렇습니다. 천마신교가 섬서성에서 활동을 재개했다는 것은……."

"맞습니다. 조만간 소식이 들려오겠지요."

다른 곳도 준비가 전부 끝났다는 뜻이다. 섬서성을 비롯해 비교적 신강과 인접한 청해성, 감숙성, 사천성이 가장 먼저일 것이다.

그 뒤는 중원 한복판으로 점점 세력을 넓혀가겠지.

"이곳은 어떻습니까?"

법륜이 조용히 해천에게 묻자 해천은 고개를 저었다. 소림이 자리한 하남은 아직까지 조용했다.

정도무림의 태산인 소림을 견제하는 것인지, 그게 아니라면 소림 바로 아래에 웅크리고 있는 법륜을 경계하는 것인지는 모르겠지만 아직까지 이렇다 할 움직임이 없었다.

"일단… 하오문에 지속적으로 정보를 요청하도록 하지요. 그리고 이곳은 조금 더 기다려 보도록 합시다."

"알겠습니다. 그보다… 당가에서 온 그 친구는 이제 보내줘야 하지 않겠습니까?"

섬서성에 대한 공격이 시작됐으니 사천성도 조만간 난리가 나지 않겠냐는 뜻이다.

당천호는 당가의 유일하게 남은 직계 혈손. 당가의 무공을 온전하게 잇지 못한 방계만으로는 견뎌내기 힘든 폭풍이 될 것이다.

그러니 당가의 적손인 당천호가 그들을 이끌어야 되지 않겠냐는 의미였다.

"그것도 생각해 볼 만한 일이로군요. 제가 따로 언질을 줘

보겠습니다."

법륜은 그대로 해천을 물렸다. 잠시 생각을 정리할 시간이 필요했다. 해천이 물러가자 법륜은 아까 앉았던 바위 위에 걸터앉았다.

"공교롭군."

모든 일이 묘하게 맞물려 돌아가고 있었다. 암은당의 당주이자 정도맹회의 머리인 검선 현도 진인은 아직까지 아무런 움직임을 보이지 않고 있었다.

암은당의 존재가 드러난 마당에 쉽게 움직일 거라 생각은 하지 않았지만, 정도맹회가 아직까지 침묵하고 있는 것은 의문스러운 일이었다.

천마신교에 관한 정보를 건넨 것이 일 년 전. 충분히 준비를 하고도 남을 시간이다. 그런데도 즉각적인 대응 없이 침묵하고 있다는 점이 마음에 걸렸다.

"청인 진인이라도 움직일 법한데……."

하나 청인은 아무런 움직임 없이 무당에 틀어박혀 있었다. 구양세가에서 헤어진 뒤 그대로 무당에 틀어박혀 있으니 산을 나서지 않은 지 벌써 일 년이 다 되었다.

둘째로는 화산의 난신이라는 존재였다. 미래를 읽는다는 자. 미래를 읽는 예언자가 화산에 날 난리를 몰랐을까? 몰랐다면 어쩔 수 없는 일이되 알았다면 쉽사리 할 수 없는 선택을 한 것이다.

자신이라면 백청학이라는 강력한 칼을 어지러운 시기에 밖으로 내보내지 않았을 테니까.

"그런데도 그를 이곳으로 보냈단 말이지."

미래를 읽었다면 이유가 있을 것이다. 하나 법륜은 그 속내를 쉽게 짐작할 수가 없었다.

그를 직접 볼 수만 있다면 이렇게 고민하지 않았을 게다. 억지로라도 타심통을 일으켜 속내를 읽으면 그만이니까.

세 번째는 천마신교의 움직임이었다. 법륜은 애초에 일 년을 상정하고 계획을 짰다. 신진고수에게 선을 대고 태영사의 무인들을 훈련시키면서 앞날을 대비하고자 했다.

처음에는 천마신교의 움직임을 정확히 읽은 것이라고 생각했다.

절대지경에 오른 고수들의 회합. 그것으로 천마신교의 움직임에 제약을 가했다. 그리고 그 판단은 적중한 것처럼 보였다.

일 년 내내 천마신교의 꼬리 하나 발견할 수 없었으니까.

"헌데… 이렇게 잘 맞물려 떨어지다니… 이상하다. 오히려 이쪽이 속내를 읽힌 것 같지 않은가."

법륜은 묘한 위화감을 느꼈다. 이쪽은 드러나 있고 천마신교는 감춰져 있다.

만약 천마신교가 이쪽의 움직임을 읽고 그에 맞춰 행동했다면? 법륜이 천지회라는 이름하에 만반의 준비를 한 것처럼 천마신교 또한 그런 준비를 하지 않았으리란 보장이 없는 것이다. 그렇다면 충분히 이해가 된다.

"모를 일이……."

콰아아앙!

법륜이 막 자리를 털고 일어나려는 그때, 천지를 뒤흔드는 폭음이 울려 퍼졌다. 피어오르는 연기, 매캐한 내음, 그리고 고요한 산을 울리는 비명 소리.

'산문!'

법륜은 전력을 다해 몸을 움직였다. 불길한 예감이 치솟았다. 눈 깜짝할 새에 산문에 도달한 법륜은 보았다.

이제껏 본 적 없는 새하얀 불꽃을 몸에 휘감은 노인을. 노인의 주변엔 태영사의 무인 십여 명이 불에 타 새까만 재가 되어 널브러져 있었다.

"드디어 나왔군, 신승."

"네놈……!"

법륜이 황금빛 광채를 뿜어내자 노인은 재미있다는 듯 그 모습을 지켜봤다. 법륜은 일말의 망설임도 없이 정체를 알 수 없는 노인을 향해 진공파를 연달아 쏘아냈다.

휘잉!

콰앙!

콰아아앙!

하나 진공파는 노인이 휘두른 손에 의해 하늘로 날려갔다. 손에 어린 엄청난 경력으로 진공파의 경파를 그대로 쳐낸 것이다.

법륜은 믿지 못할 광경을 선보인 노인을 긴장한 표정으로 바라봤다. 지금껏 그 어떤 누구도 자신의 공격을 저렇게 쉽게 받아낸 이가 없는 탓이다.

"네놈은 누구냐?"

"나는 철화정련(鐵花精練)의 계승자이자 신교의 좌호법(左護法). 위대한 교주의 신명에 따라 네놈의 목숨을 거두러 왔으니 얌전히 그 목을 내놓아라."

"좌호법이라……. 꽤나 거물이 등장하셨군."

"거물이라……. 재미있는 표현이다, 아이야."

스스로를 천마신교의 좌호법이라 칭한 노인은 법륜의 말에 재미있다는 표정을 지어 보였다.

노인의 세월이 담긴 눈동자엔 진정으로 지금의 상황이 재미있다는 듯한 감정이 짙게 담겨 있었다. 하나 노인의 말처럼 결코 재미있는 상황은 아니었다.

'금룡과 독제가 이렇게 쉽게…….'

법륜보다 부족하다는 평가를 받긴 하지만 충분히 필적할

만한 무인 둘이 땅을 뒹굴고 있었다. 치명상은 용케 피한 것 같지만 당분간은 전투 불능이라고 봐야 했다. 법륜은 검은 장포를 입은 노인을 향해 이빨을 드러냈다.

"감히 이곳에서……."

그 천마신교다. 어차피 싸워야 할 대상이었고 그 시기가 조금 이르게, 예상치 못한 순간에 찾아왔을 뿐이다. 법륜은 그렇게 생각했다. 그러면 싸우면 된다.

언제나 그런 것처럼 싸워서 이기면 된다. 그것이 천마신교와 싸우기 위해 천지회를 일으킨 법륜이 해야 할 일이었다. 하나 좌호법이라는 노인은 법륜이 공세를 취하려 하자 양손을 휘휘 내저었다.

"잠깐. 지금 당장 싸울 생각은 없다. 단지 전언을 전하러 왔을 뿐."

"그렇게 말하고 뒤통수를 친 자가 있었지."

"아아, 황곤 그 애송이 말인가?"

노인은 황곤의 이름을 입에 담으며 가소롭다는 표정을 지었다.

"고작 그 정도로 뒤통수라 말한다면… 솔직히 할 말은 없네만 그래도 이 말만은 꼭 해야겠군."

노인의 눈동자가 짐승의 그것처럼 번뜩였다.

"고작 그 정도도 감당 못한다면 지금이라도 집어치워라.

애꿎은 목숨 낭비하지 말고."

"목숨을 낭비하지 말라? 애초에 너희들이 이 세상에 나오지 않았다면 그 누구도 목숨을 잃지 않았을 것이다. 세 치 혀를 놀리다니, 아무래도 이곳에서 죽을 모양이군."

혀를 잘못 놀린 자의 최후를 말함이리라. 법륜은 담담하게 노인의 죽음을 입에 담았다.

그가 무슨 말을 하던 하등 관계 없이 목숨을 취하겠다는 말이다.

"크하하, 역시 교주의 말대로 재미있는 놈이다. 허나……."

짐승의 안광이 어둠 속에서 광채를 발하듯 노인의 눈동자에 기이한 광채가 어리기 시작했다.

"네놈은 내 죽음을 담기엔 아직 이르다. 고작해야 팔대수호마장(八大守護魔將) 정도밖에 안 되는 놈이 어디서……!"

노인의 번들거리는 눈동자가 법륜을 집어삼킬 듯 쏟아졌다. 법륜은 산중대호 앞에 선 들짐승처럼 그 기세를 피하지 못하고 정면으로 받아냈다.

단순히 눈빛이 변한 것뿐인데, 입가로 핏줄기가 줄줄 흘러내렸다.

'제법 강단은 있다만…….'

아직 부족했다. 싹이 좋았지만 그 싹이 발아(發芽)하고 꽃을 피워내기엔 한참 모자랐다. 앞으로 십 년, 아니, 오 년 정도 두고 본다면 모르겠지만 지금은 사뿐히 밟을 수 있는 잡풀에 불과했다.

'교주가 어째서 이런 놈에게 관심을 갖는지는 모르겠지만… 안됐군. 교주에게 찍히다니.'

교주는 무시무시한 존재였다. 백 년을 넘게 살아온 자신조차 그 앞에 서면 오금이 저려왔다. 신교의 호교신공인 철화정련을 대성한 후에도 그 공포는 계속됐다.

노인은 교주의 기세를 상상하는 것만으로도 등줄기에 땀이 흘러내림을 느꼈다. 그리고 그때, 법륜이 입가에 흐르는 핏줄기를 훔치며 말했다.

"더 말해봐."

"……?"

노인이 무슨 의미냐는 듯 고개를 갸웃거리자 법륜은 어서 계속해 보라는 듯 재촉했다.

"더 지껄여 보라고."

"허허."

노인은 이제 법륜을 상대할 마음을 완전히 버렸다. 지금 당장 죽일 수 있는 놈. 그런데도 교주의 명 때문에 살려둬야 하는 놈.

하나 더 이상의 도발을 받아주기엔 좌호법이라는 지고한 신분을 지닌 노인의 인내심을 들끓게 만들었다.

툭!

노인의 전신에서 뿜어지던 기세가 삽시간에 사그라졌다.

"됐다. 더 이상은 무의미하겠다. 네놈의 목숨은 다음을 기약하지. 나는 내 할 일이나 마치고 가야겠다."

노인은 품에서 묵빛이 도는 두루마리 하나를 꺼내 들었다. 노인이 두루마리를 펼치자 법륜이 움찔했다. 지난번 황곤이 부린 술수가 기억난 까닭이다.

하나 저번과는 달랐다. 두루마리를 펼쳐도 사이한 기운은 커녕 노인의 몸에서 뿜어져 나오는 경건한 기세가 장내를 잠식하고 있었다.

"교주의 전언을 전하겠다!"

노인의 목소리가 숭산 곳곳으로 울려 퍼졌다. 이 정도의 성량이라면 태영사를 넘어 저 꼭대기에 위치한 소림에까지 들릴 듯하다.

"교주께서 전하니 중원의 무지한 버러지들은 무릎을 꿇고 전언을 받들라!"

쿠웅!

쿠우웅!

노인이 크게 외치며 진각을 구르자 굳건한 대지가 갈라질 것처럼 흔들렸다. 압도적인 힘의 실체를 앞두고 법륜은 자신과의 차이를 비교했다.

'큰 차이가 없다……?'

노인에게서 느껴지는 내력은 분명 자신 이상이었다. 자신보다 배의 세월을 살아왔으니 그것이 납득하지 못할 일은 아니었다.

하나 무공의 경지라는 것은 내력 하나만으로 결정되는 것이 아닌 바, 노인의 불가사의한 무력에는 무언가 자신이 알지 못하는 비밀이 숨겨져 있다는 것이 느껴졌다.

'그게 대체 뭐지?'

법륜의 고민이 계속되는 와중에도 좌호법의 목청은 꺼질 줄을 몰랐다.

"우매한 중생들에게 전한다! 천마신교는 본디 무(武)를 숭상하고 불을 숭배하는 진실한 집단! 우리는 너희와 같은 꿈을 꾸고 드높은 기상을 품었음에도 단지 우리가 변방 출신이라는 이유 하나만으로 배척당했다! 그것을 바꿀 것이다! 내달 보름! 천마신교의 총공세가 시작될 것이다! 막을 수 있다면 막아보라! 우리의 설움을, 우리가 느낀 울분을 너희에게 선사하겠다!"

노인은 그 말을 끝으로 두루마리를 잘 정돈해 품에 넣었다. 느닷없이 선전포고라니. 법륜은 영문을 알 수 없는 행태에 인상을 찌푸렸다.

"무슨 수작이냐?"

전쟁은 이미 시작됐다. 이미 괴뢰술사 황곤이 움직였고 화산이 공격받았다.

이런 뒤늦은 선전포고는 안 하니만 못했다. 비난을 감수하고서라도 해야 하는 이유가 있을 것이 분명했다. 하나 좌호법은 그 말을 일축했다.

"수작? 그런 것은 없다. 단지 힘과 힘이 만나서 부딪쳐야 할 운명만이 남아 있을 뿐."

"화산의 이야기를 들었다. 괴뢰마수가 벌써 움직였다던데."

"클클, 그놈은 화산에 보내는 사자(使者)에 불과하다. 섬서에서 신경 쓸 자는 화산에 하나뿐이니까."

신경 써야 할 자. 난신을 이름이 분명했다.

"그렇다면 당신도 이곳에 신경 쓸 자가 있기에 찾아왔다는 말인가?"

법륜의 말에 노인은 손을 들어 법륜을 가리켰다. 그다음은 조비영과 당천호였다.

"너, 그리고 저기 둘. 이곳에서 신경 쓸 자는 셋뿐이다."

광오한 말이었다. 소림을 지척에 두고 소림을 무시하는 발언을 서슴없이 내뱉는다.

그럼에도 법륜은 그 말에 반박할 거리를 찾지 못했다. 느껴지는 바가 있었다.

"이제 알았나?"

"그랬군."

단순히 무공이 강한 자를 선별하는 것이라면 이 세상에 숨은 은거고수 모두가 신경 쓸 자였다.

하나 천마신교는 법륜과 조비영, 그리고 당천호를 지목했다. 그들이 정한 기준은 명확했다. 성장 가능성과 완성자.

법륜과 조비영, 그리고 당천호는 아직까지 뻗어 나갈 길이 무궁무진한 무인이었다.

스스로의 세계를 만드는 자들. 주어진 무공을 벗어나 자신만의 길을 걷는 자들. 싸움이 지속되고 시간이 흐른다면 이들은 분명 커다란 걸림돌이 될 것이다.

완성자의 경우는 달랐다. 난신의 경우가 그랬다. 그는 이미 완성된 자. 무공이 아닌 이능의 영역이었지만 오랜 시간 스스로의 길을 걸어온 자.

더욱이 미래를 보는 독보적인 이능은 천마신교의 행보에 걸림돌이 되고도 남았다.

"전언은 전했다. 어때, 싸워볼 테냐?"

법륜은 좌호법의 말에 고개를 저었다. 안타깝게도 아직 자신은 좌호법이 구사하는 무공의 경지에 대한 비밀을 알지 못했다.

종이 한 장. 분명 그 정도의 차이였다. 하나 그 차이가 만들어낸 격차는 대해보다도 넓고 태산보다도 높았다.

"현명한 선택이다. 그럼 보름 후에 보자."

노인은 그대로 떠나갔다. 법륜은 그 노인의 뒤통수를 노려보며 중얼거렸다.

"어렵겠군."

진실로 어려웠다. 지금 당장도, 그리고 앞으로의 상황도. 아까 전 언급한 팔대수호마장만 해도 그렇다. 자신과 같은 경지의 무인이 여덟이나 있다. 끔찍한 일이다.

하나 지금은 이렇게 정신을 빼고 있을 여유가 없었다. 움직여야 했다.

"기다려라. 따라가 주마."

내달 보름까지 남은 기간은 스물일곱 날. 법륜은 스스로를 폐관이라는 감옥 안에 밀어 넣었다.

*　　　　*　　　　*

스물일곱 날. 이십칠 일은 순식간에 지나갔다. 그러고 나서도 삼 일이 더 지났다.

조비영은 좌호법에게 당한 것이 치욕적이었는지 수련을 위해 그대로 숲으로 들어가 버렸고, 당천호는 법륜의 명에 의해 새로운 구심점이 되기 위해 사천성으로 떠났다.

숭산을 넘어선 세상 밖은 더 시끄럽고 어지러웠다. 정도맹회가 천마신교의 위협에 칼을 빼 들었으며, 암은당의 당원들이 모습을 드러냈다.

구파와 팔대세가는 맹회, 그리고 암은당의 고수들과 연수를 취했다.

천마신교의 힘은 무시무시했다. 말 그대로 거력이라고 표현해도 좋을 정도로.

"젠장, 또 당했군."

새롭게 발족한 맹회의 정보를 담당하고 있는 구양세가의 신임가주 구양비는 정신없이 날아드는 전서에 골머리를 앓고 있었다. 곳곳에서 들리는 소식은 절망적이었다.

처음 정도맹회는 자신만만했다. 몇 십 년 만에 새로이 단장한 타격대들, 그리고 새로이 영입한 장로들에 구파와 팔대세가의 연수까지.

하지만 그 자신감이 산산이 부서지는 데는 하루면 충분했다. 그나마 버티는 곳은 무당이 자리한 호북, 그리고 소림이 있는 하남 정도였다.

신교의 좌우호법(左右護法),

팔대수호마장(八大守護魔將),

그리고 그 휘하의 십이타격대주(十二打擊隊主).

신교의 교주가 나서지 않았음에도 정도맹회는 이미 벼랑 끝까지 몰린 상황이었다.

"대체 어디서 무얼 하고 있는 게요, 신승."

구양비는 매제이자 강호에서 신승으로 추앙받는 한 남자를 떠올렸다. 그를 떠올리는 것만으로도 알 수 없는 안도감이 들곤 했다.

지금같이 절망적인 상황 속에서도 무언가 돌파구를 마련해 줄 것만 같은 희망적인 존재. 하나 그는 현재 행방을 알 수 없었다.

폐관에 들어갔다는 이야기를 들은 것이 한 달 전. 이미 출관을 하고도 남을 시간이 지났지만 그는 모습을 드러내지 않았다. 지금까지는.

"내가 많이 늦었군."

흠칫.

구양비는 갑작스럽게 들리는 음성에 몸서리를 쳤다. 이곳은 맹회의 중심. 허가받지 않은 자는 한 걸음도 들이지 못하는 곳이다.

그런 곳에서 낯선, 아니, 익숙한 음성을 들을 것이라곤 상상도 하지 못했다.

'문 열리는 소리조차 듣지 못했는데…….'

구양비는 차분히 마음을 가다듬고 자리에서 일어났다. 그라면 아무렇지 않게 올 수 있는 곳이었다.

"오셨습니까?"

"너무 늦어서 미안합니다. 지금부터……."

낯설면서도 익숙한 이.

황금빛 금기를 휘감은 남자가 말했다.

"이 전쟁은 내가 승리로 이끌 것이오."

신승(神僧) 법륜(法輪).

금기(金氣)의 주인이 전장에 도달했다.

제사십일장(第四十一章)

마장(魔將)

법륜은 구양비가 따르는 찻물을 바라보며 생각했다. 지난 한 달간 너무 평범한 삶과는 동떨어진 시간을 보냈구나 하고 말이다.

법륜은 지난 한 달을 허투루 보내지 않았다. 하지만 충실하게 사용한 그 동안에도 하늘은 그에게 새로운 길을 허락하지 않았다.

'뭐였을까.'

좌호법이라는 노인이 보여준 그 무력은 불가사의한 종류의 것이었다. 단순한 무력을 논하는 것이 아니다. 인간으로서 가질 수 있는 강함. 온갖 역경과 고난을 뚫고 올라선 인간만이 가질 수 있는 강력함이 노인의 몸에는 있었다.

'나라면…….'

반면에 그런 고난과 역경은 법륜의 몸에는 존재하지 않는 종류의 것이었다. 정확하게 말하면 세월의 무게가 아직 많이 모자라다고 볼 수 있었다.

법륜은 그 부족함을 따라잡기 위해 한 달간 폐관에 들었지만 그 짧은 시간으로 따라잡기엔 역부족이었다.

"드시지요."

법륜이 상념에 빠져 있을 때 구양비가 찻잔을 들어 법륜의 눈앞에 내려놓았다.

법륜은 자신도 모르게 손을 들어 찻잔을 들어 입에 가져다 댔다. 뜨거운 김이 입술을 적시자 정신이 드는 것 같았다.

"어렵군."

"예? 어렵다니요?"

"아, 혼잣말입니다. 그저 생각할 것이 조금 있어서."

구양비는 평소에 볼 수 없던 법륜의 모습에 잠시 멈칫거렸다.

언제나 자신감 넘치고 어떤 일에든 정면 돌파를 선택할 것 같은 이 남자도 고민과 어려움이 있다는 것에 낯선 감정을 느낀 것이다.

"고민이 있다면 풀어야겠지요. 무엇입니까?"

"한 달 전 숭산에 한 사람이 찾아왔습니다. 스스로를 천마신교의 좌호법이라 칭하더군요."

"백화마인(白火魔人)!"

"백화마인?"

"그 노인, 백화마인 철부용 그자입니다."

"철부용이라……. 어쨌든 그자가 찾아와 절 보곤 이렇게 말하더군요. 기껏해야 팔대수호마장 정도라고."

"으음!"

구양비는 법륜이 하고자 하는 말의 진의를 알 수 있었다. 팔대수호마장.

한 번도 본 적 없는 자들. 기이한 힘과 무공을 사용하는 자들. 그들이 나서는 곳은 언제나 피안개가 자욱하게 끼었다. 압도적인 무력을 구사하는 마장 앞에서 버틸 수 있는 존재는 맹회에서도 몇 안 됐다.

'팔대수호마장이라……. 그래서였군. 신승이 폐관에 든 것은.'

신승이 철부용을 만났다고 했다. 그리고 폐관에 들었다. 그 말은 좌호법이 넘을 수 없는 벽이라 판단했기 때문이리라. 구양비는 법륜의 고뇌를 느낄 수 있었다.

"차근차근 하시지요. 시간은 우리의 편입니다."

구양비의 말대로 시간은 맹회의 편이었다. 천마신교가 자리한 신강은 중원과는 동떨어져 있다.

무인의 수급도 쉽지 않은 편이다. 하나 그 유리한 장점을 가졌음에도 맹회의 상황은 바람 앞의 촛불처럼 거칠게 흔들리기만 했다.

"그리 쉽게 생각할 일이 아닙니다."

"그렇지 않습니다. 이미 맹회로 중원의 무인들이 속속 모이고 있습니다. 그들을 규합해 맞선다면 충분히 가능한 일 아니겠습니까?"

법륜은 구양비의 말에 그게 아니라는 듯 고개를 흔들었다.

"잊었습니까? 저들에게 있는 것은 팔대수호마장이나 십이타격대주가 다가 아닙니다."

"허나 신승과 같은 신진고수들이 우리에게도 많이 있습니다. 아직 산에서 움직이지 않는 분들도 많고요. 시간이 흐르고 그들이 살아남는다면 승리는 우리의 것이 될 겁니다."

아니다. 법륜은 구양비의 말에 그렇게 반박하고 싶었다. 이번 천마신교의 원정에 각 성에서 암약하고 있던 천마신교의 주구들과 좌우호법, 마장들, 그리고 타격대주들이 나섰다고 들었다.

아직 저들은 자신의 힘을 전부 드러내지 않았다.

"가주, 우리는 교주라는 자를 너무 간과하고 있습니다. 철부용 같은 무인을 부리는 자입니다. '저 정도의 무인이 아무에게나 충성을 다하겠습니까? 그리고 신교의 역사는… 그리 짧지 않아요. 산에 계신 분들처럼 눌러앉은 이들이 없다고 장담할 수 없습니다."

그제야 구양비는 법륜이 말하고자 하는 바를 명확하게 깨달았다.

한 단체가 역사를 이어가려면 전수하는 자들이 있어야 하고, 전수받을 자들이 있어야 한다. 그래야 명맥이 이어진다. 좌우호법은 늙었다.

누군가에게 전수받았다 한들 그 스승들이 살아 있을 가능성은 적다.

하나 팔대마장이나 십이타격대주는 다르다. 그들의 연배는 비교적 젊은 편이다. 스승들이 생존해 있을 가능성이 충분히 있었다.

'그들이 전부 나선다면…….'

최악의 상황이다. 하지만 그럴 가능성은 없다고 봐도 좋았다. 마장들은 타격대주 하나, 혹은 둘을 데리고 각자 행동한다.

이들을 가르친 스승이 한꺼번에 몰려올 걱정은 하지 않아도 되었다. 하나 구양비의 안도감은 단번에 박살 났다.

맹회의 군사부를 지키는 호위가 급하게 소리친 까닭이다.

"군사! 급보입니다!"

호위 하나가 전서구에 묶인 서신 하나를 가지고 뛰어들었다. 구양비는 서신을 받아 펼친 순간 정신이 아찔해졌다.

"지금 남아 있는 사신대(四神隊)의 대주가 누가 있지? 현무 대주가 있을 텐데?"

"강 대주는……."

호위가 말끝을 얼버무리자 구양비가 크게 소리쳤다.

"어디 있나!"

"복귀 후에 기루에……."

호위가 눈을 질끈 감고 말하자 구양비의 안색이 잔뜩 붉어졌다.

"이 정신 나간 새끼가……!"

화가 머리끝까지 치솟았다. 화를 주체할 수 없자 뜨거운 열기가 전신에서 뿜어지기 시작했다.

전쟁에서 밀리는 중에 누가 기루에 가서 술을 마시고 여인을 품는단 말인가.

전쟁에 져서 적에게 목이 잘려도 할 말이 없을 일이었다. 그때 법륜이 구양비의 어깨에 손을 얹었다.

"가주."

법륜이 조용히 고개를 젓자 구양비가 한숨을 내쉬며 자기도 모르게 풀어낸 진기를 갈무리했다.

"많이 늘었군. 수련을 게을리하지 않은 모양이야."

"후우, 그러면 무얼 합니까. 이 모양 이 꼴인데."

"후후, 아까 전 그리 자신하더니만 별수 없는 모양이군."

시간은 자신들의 편이라며 신진고수들의 성장을 기대하던 구양비의 언사가 물거품이 된 순간이었다.

"그보다, 급한 일인가?"

"직접 보시지요."

구양비가 내팽개친 서신을 집어 건네자 법륜은 심유한 눈으로 서신을 살펴보기 시작했다. 서신에는 간략하게 단 한 줄만이 적혀 있었다.

무한 경계. 자광마륜(紫光魔輪) 출현. 꼬리는 보이지 않음.

"자광마륜? 이자가 누구지?"

"팔대마장 중 하나입니다. 두 자루의 륜을 기가 막히게 쓴다고 하더군요."

"꼬리가 보이지 않는다……."

법륜은 자광마륜이 팔대마장이라는 말에 눈을 지그시 감았다.

이건 기회였다. 적의 전력을 깎아내릴 수 있는 절호의 기회. 법륜은 옆에서 눈치를 보고 있는 호위에게 시선을 던졌다.

"내가 가지. 정확한 위치는?"

"예… 예?"

호위의 고민은 구양비가 직접 해결했다.

"그건 제가 도움을 드리지요. 밖에 정영이 있는가?"

"예, 군사."

정영이라 불린 젊은 청년 하나가 안으로 들어섰다. 아직은 앳된 얼굴. 태영사의 문우보다도 어려 보였다.

'저런 어린 친구까지 칼을 들고 싸우는가.'

구양비는 법륜의 눈빛이 변하는 것을 보곤 재빨리 손을 내저었다.

"저 친구는 세가에서 데리고 온 친구입니다. 앞으로 화륜대를 맡을 친구입니다. 그러니 너무 걱정하지 마시지요."

"화륜대라……."

그리운 이름이 떠올랐다가 사라졌다. 불길에 얼굴이 일그러진 사내. 그는 무인 중의 무인이었다.

홍균을 떠올리자 생각하고 싶지 않은 얼굴 하나가 덩달아 떠올랐다. 구양세가에서 나온 마인 구양선.

그대로 섬서를 떠났으니 행방을 알 길이 없지만 지금은 고양이 손이라도 빌리고 싶은 심정이다. 법륜은 구양선의 이름을 꺼내려다 그대로 삼켜 버렸다. 굳이 구양세가의 생존자들에게 그의 이름을 언급해 상처를 줄 필요는 없었다.

"가지."

법륜은 그대로 구양비가 머무는 전각을 나섰다. 화륜대의 차기 대주 정영이 그 뒤를 따라붙었다. 정영은 알 수 없는 선망이 담긴 눈으로 법륜을 바라보고 있었다.

"얼굴 뚫어지겠군. 뭘 그렇게 보는가?"

"아, 그저… 신기해서… 홍 대주님께 말씀은 많이 들었습니다."

"홍 대주가? 그럴 리가 없을 텐데."

홍균과 법륜의 사이를 표현하자면 개와 고양이 같았다. 친하지도 않지만 그렇다고 안 친하지도 않은 사이.

서로가 그저 멀찍이서 바라보기만 하는 사이. 홍균과 법륜은 그런 사이였다. 아니, 그런 사이라고 생각했다.

"아닙니다. 홍 대주님은 생전에 항상 신승의 이야기를 입에 달고 사셨어요. 귀에 딱지가 앉을 정도로 많이요."

"……."

법륜이 아무런 대답도 하지 않자 정영은 자신의 이야기에 귀를 기울인다 생각했는지 신이 나서 떠들기 시작했다. 이런 이야기, 저런 이야기.

법륜은 알 수 없는 누군가의 과거가 정영의 입에서 흘러나왔다. 얼마나 그 이야기를 들었을까. 법륜은 느낄 수 있었다.

"저기로군."

"예?"

"아닐세. 자네는 그만 돌아가는 것이 좋겠군. 아, 그리고 가주께 자광마륜의 목을 들고 다시 찾아가겠다고 전해주시게."

법륜은 망설임 없이 걸음을 옮겼다. 한 걸음, 두 걸음. 법륜은 어느새 허공을 날고 있었다.

불어닥치는 바람을 찢으며 대지를 가르고 앞으로 달려나갔다. 사람이 많아야 할 저자엔 단 한 사람도 없었다. 피만이 가득했다.

"네놈."

마침내 마주한 마륜. 두 자루의 륜을 손에 쥔 중년인은 무표정한 얼굴로 법륜을 마주했다.

마치 감히 어떤 벌레가 자신의 앞을 가로막는 것인지 궁금하다는 표정이었다.

"말이 짧군. 예의 없는 후배로다."

"후배? 나는 당신 같은 선배를 둔 적이 없다, 마종."

"마종이라……. 오랜만에 듣는 단어로군. 오냐. 나는 마종이다. 그러는 너는 누구냐?"

"신승."

법륜은 간단하게 답했다. 신승. 이제 이 두 글자는 법륜을 대표하는 명사가 되었다.

신승이라는 말에 마륜의 두 눈이 번뜩였다. 새로운 먹잇감을 발견한 맹수처럼 날카로운 송곳니가 빛났다.

"이야기는 들었다. 좌호법께서 '제법'이라는 표현을 쓴 것이 인상적이었지. 과연 그럴 만하도다. 허나 어찌할꼬. 여기서 그 아까운 목숨이 날아가게 생겼으니."

마륜이 짧게 혀를 차자 신승은 환하게 웃었다.

"내게 그런 말을 한 자들이 많았지. 그자들이 전부 어떻게 되었는지 아나?"

"듣지 않아도 짐작이 가는군. 죽었겠지. 허나 나는 그렇게 호락호락하지 않을 것이다. 오라, 소림의 계승자여."

눈빛을 주고받는 것만으로 허공에서 불꽃이 튀었다. 선공은 마륜이 했다.

두 자루의 륜이 하늘을 날자 공기가 찢어지는 굉음이 울려 퍼졌다.

쩌정!

쩌저정!

단번에 목과 허리를 노리고 날아드는 마륜. 법륜은 두 자루의 마륜을 보며 입을 열었다.

"자광마륜, 오늘을 즐겨라. 네게 내일은 없을 터이니."

동시에 솟구치는 금광. 법륜의 몸에서 금강령주의 신기가 폭발했다.

콰앙!

콰아앙!

짧게 울려 퍼지는 폭음. 법륜의 수도가 하늘을 갈랐다. 신승과 천마신교의 대결이 시작되었다.

자광으로 뒤덮인 두 개의 륜. 법륜은 날아드는 륜에 맞서며 상대에게 어째서 자광마륜이란 별호가 붙었는지 여실히 느끼고 있었다. 느껴지는 기파가 상상을 초월했다.

'강해. 구양철, 아니, 그 이상이다.'

제마장 적옥이 불을 뿜었다. 자광마륜의 코앞에서 터진 일격이었다. 자광마륜 방일소는 몸을 뒤로 빼며 두 개의 륜을 겹쳐 법륜의 적옥을 막아섰다.

카앙!

'빨라.'

놀라기는 방일소도 마찬가지였다. 두 개의 륜으로 펼치는 마륜갑이 단번에 깨지기는 중원에 나와서 처음이다.

신교의 인물도 아닌, 중원의 나약한 무인이 자신의 방벽을 뒤흔들자 방일소는 법륜을 경시하던 마음을 버렸다.

"카앗!"

한 쌍의 륜이 만들어낸 조화. 방일소의 성명절기인 무쌍광륜이 허공을 가르자 수십 개의 빛줄기가 허공을 수놓았다.

한 수씩 주고받은 뒤 뒤로 물러서는 두 사람. 기분 좋은 음성이 방일소의 입에서 흘러나왔다.

"중원에 이런 무인이 있을 줄은 꿈에도 몰랐다. 몰래나마 이렇게 나오길 정말 잘했군."

방일소는 륜을 갈무리한 채 법륜을 응시했다.

"나는 방일소다. 자광마륜이라 불리고 있지. 그쪽은?"

"법륜."

"…그게 단가?"

"그 이상의 대화가 필요한 사이인가, 우리가?"

법륜의 나지막한 대답에 방일소는 크게 웃음을 터뜨렸다.

"흐흐, 좋다. 이름 같은 것은 아무래도 상관없지. 진짜배기 무인을 만났으니 칼로 대화를 나누면 될 뿐. 좋구나. 어디 한번 어울려 보자!"

두 번째 선공은 방일소보다 법륜이 빨랐다. 지근거리에서 터지는 진공파에 방일소의 웃음이 더 커졌다.

마치 위급한 상황을 즐기는 사람처럼 목숨을 도외시한 채 달려들었다. 왼손에 들린 륜으로 마륜갑을 펼치고 오른손으로 륜을 던져냈다.

카카카캇!

법륜은 손에 륜을 붙잡은 채 자유로이 놀고 있는 손으로 나선탄을 뻗어냈다. 던진 륜이 법륜의 손아귀에서 붙잡히고 공격까지 당하자 방일소는 미소를 지었다.

파아앙!

흩어지는 진기 속에서 방일소는 철부용을 떠올렸다.

'대단하군. 좌호법께서 걱정하신 이유를 알겠다.'

한 달 전, 좌호법 철부용이 팔대마장과 타격대주를 불러 모아 늘어놓은 일장연설.

그중에서도 신승이라 불리는 법륜은 요주의 대상이었다.

"신승이란 아이와 부딪칠 생각은 하지 마라. 너희보다는 위, 나보다는 아래다. 만약 부딪치게 되더라도 절대 홀로 대적하지 말라."

신승이란 별호에 방일소가 법륜의 신상 내력을 알아챈 까닭이 여기에 있었다.

'그 이유를 좀 알 것 같소, 좌호법.'

법륜은 이제 긴장한 표정을 짓고 있는 방일소를 보며 손에 붙들린 륜에 압력을 가했다.

까드득!

끼이이이!

'안 부서져?'

방일소의 륜은 단단했다. 부숴볼 테면 부숴보라는 듯 마륜이 거친 기음을 토해냈다.

법륜의 금기에도 굴하지 않고 반항하며 자광을 토해내는 한 자루의 륜을 보며 법륜은 방일소가 구사하는 무공 연원이 어디에서 비롯되었는지를 깨달았다.

"이 륜, 살아 있군."

살아 있다. 무생물인 금속에 생명이 깃들어 있었다. 명검에 영성이 깃드는 것처럼 방일소의 륜도 마찬가지였다.

방일소는 법륜의 손에 붙들린 륜을 바라보며 비틀린 웃음을 보였다.

"자광마륜은 내 별호이기도 하지만… 그 아이의 이름이기도 하지. 내 분신과도 같은 것이다."

역시라는 듯 법륜의 고개가 위아래로 흔들렸다. 이 륜은 살아 있는 생명체나 다름없었다. 이 살아 있는 금속이 가르쳐 주었으리라.

마치 스승과도 같은 존재. 법륜은 손에서 진동하는 륜을 그대로 방일소에게 던졌다.

"분신이라면 조금 더 소중히 여기는 것이 어떠한가?"

"…지금 쥐가 고양이 생각을 해주는 것인가?"

"그렇게 들렸나? 딱히 그럴 의도는 없었다. 단지 제대로 된 상태로 붙어보고 싶을 뿐."

방일소는 법륜의 말에 긴장한 표정을 거두고 다시 한번 웃음을 터뜨렸다.

법륜은 지금까지 마주친 중원의 무인들과는 근본부터 다른 사람이었다.

고난과 역경을 피해 가기는커녕 정면 돌파하려는 무인. 자신을 가로막는 그 어떤 벽이라도 힘껏 부수겠다는 의지가 느껴졌다.

그렇기에 이렇게 성장할 수 있었으리라. 방일소는 그 점을 인정했다.

'확실히…….'

방일소 역시 법륜이 그간 만나본 무인들과 궤를 달리하고 있었다.

중원에서는 상대에게 무기를 빼앗기면 대단한 모욕으로 여기고 비겁하다고 소리치는 무인이 대부분인 탓이다.

'허나 그것만은 아니겠지.'

법륜의 속내는 방일소의 것처럼 그렇게 여유롭지 못했다. 기병과 무공, 그리고 자신과 비등한 경지의 무인.

법륜은 그제야 좌호법 철부용이 지닌 것과 자신이 지니지 못한 것을 깨달았다.

그것은 생사의 경계를 가르는 실전이었다. 목숨을 걸고 벌이는 한판의 도박. 방일소와 같은 무인들이 득실거리는 곳이 천마신교이다. 또 천마신교는 무를 숭상하는 집단. 서로 살아남기 위해 미친 듯이 경쟁했을 것이다.

그런 곳에서 좌호법이라는 지위를 차지하기 위해, 그리고 지키기 위해 얼마나 많은 생사의 경계를 오고 갔을지 알 수 없었다.

'그와 내가 차이가 나는 것은 당연해.'

당연한 일이었다. 법륜 또한 온갖 역경을 헤치고 지금의 자리까지 올라왔다. 하지만 경험의 총량 자체가 달랐다. 철부용이 살아온 세월은 법륜의 세 배.

차이가 나지 않는다면 좌호법이라는 위치에도 오르지 못했을 것이다. 법륜은 그 점을 순순히 인정했다.

그러자 안개로 가려진 길에 햇빛이 비추기 시작했다.

'저런 무인들을 꺾고 지금의 자리에 올랐다면…….'

자신도 똑같이 해주면 된다. 팔대마장이라 했던가. 그들을 차례차례 꺾고 나면 자신 또한 언젠가는 그 경지에 도달할 것이다.

그러자면 이겨야 했다. 살아남아야 했다. 법륜은 그 점을 명확히 인지했다.

"드디어 내가 할 일을 찾은 기분이다. 지난 한 달간 동굴 속에 틀어박혀 고민해도 찾지 못한 답을 여기서 찾다니 참으로 재미있는 일이다."

법륜은 전신을 지배하는 희열감에 몸을 부르르 떨었다. 방일소 또한 법륜이 하고자 하는 말이 무엇인지 단번에 잡아냈다.

온몸에서 뿜어져 나오는 기세가, 그리고 기백이 말하고 있었다. 자신을 꺾고 계단을 밟듯 밟고 올라서겠다고.

"나를 발판으로 삼겠다? 그리 쉽게 될 줄 아느냐!"

방일소의 몸에서 다시 한번 자광이 솟구쳤다. 땅거죽이 진동하며 방일소의 몸이 쏜살같이 앞으로 치달았다. 법륜은 두 눈을 부릅뜬 채 손을 마주 뻗었다.

금광이 순식간에 손을 뒤덮고 달려드는 방일소를 향해 쏘아졌다.

콰아아아!

콰앙!

콰아아앙!

폭음이 연달아 울리고 천지가 진동했다. 자욱한 흙먼지 틈으로 한 쌍의 륜이 요혈을 파고들자 법륜은 뒤로 훌쩍 물러나 오른발로 지면을 휩쓸었다.

흙먼지와 함께 막강한 경력이 지면을 타고 흘렀다. 사멸각의 절초 해일이었다.

방일소가 쏟아내는 자광의 흐름에 진기의 흐름이 거칠다.

하나 거칠면서도 도도하게 뻗어 나간다. 법륜이 뿌린 세 개의 해일 경파가 방일소의 전신을 휩쓸었다.

좌라락!

'얕았다.'

경력의 여파로 옷자락을 베긴 했지만 피륙에 상처를 낼 정도는 아니었다. 방일소 역시 옷자락에 베인 것쯤은 개의치 않겠다는 듯 저돌적으로 밀고 나왔다.

법륜은 방일소의 전진 방향으로 진공파를 연달아 터뜨렸다.

파앙!

파아앙!

작정하고 터뜨린 진공파도 방일소의 전진을 막지는 못했다. 애초에 법륜 또한 그의 저돌적인 움직임을 막을 생각 따위는 없었다.

'하지만 단지 방향을 바꾸는 정도라면…….'

충분히 가능했다. 방일소는 법륜이 쳐놓은 그물망에 한 걸음 성큼 다가선 것이다. 첫수는 적옥이다.

지이잉!

진기가 고여들고,

파아아앙!

폭발했다. 적옥의 경파가 방일소의 전신을 뒤흔들자 방일소는 급히 마륜갑을 펼쳐 적옥의 경파를 막아섰다. 법륜은 마른침을 꿀꺽 삼켰다.

역시 쉽지 않았다. 창졸간에도 믿지 못할 움직임을 보여주었다. 하나 법륜이 쳐놓은 그물은 그게 끝이 아니었다.

좌르륵!

허공에 두둥실 떠오른 강환들, 그리고 그것을 잇는 하나의 선. 법륜은 그 선을 잡아챘다. 법륜이 지닌 최강의 절기 염라주가 손에서 기분 좋은 촉감을 자아냈다.

무엇이든 부술 수 있다는 자신감이 충만했다. 법륜의 미소와 함께 방일소의 마륜갑 위로 염라주가 떨어졌다.

'우선 열 개.'

쾅!

콰캉!

열 개의 강환이 동시에 터져 나가자 방일소의 전신이 거칠게 흔들렸다.

'좋지 않군.'

마륜갑의 틈 사이로 법륜이 손에 든 강환이 둥둥 떠다니는 것이 보였다.

조금의 빈틈이라도 보이면 탄지로 튕겨내는 강환이 무자비한 폭격을 감행했다. 그때마다 마륜갑이 깨질 듯 흔들렸다.

'이대로는 안 되겠군.'

대단한 내력이었다. 나이에 비해 믿지 못할 정도의 전력. 하나 방일소는 순순히 인정했다.

아직 신강에 똬리를 틀고 있는 교주를 떠올리면 저 정도는 어린아이의 흙장난이나 마찬가지였다.

'교주는 나를 가지고 놀았으니까.'

그리고 조금 손해를 보긴 했지만 방일소의 전력은 아직 건재했다.

지금 자신의 상황이 궁지에 몰린 쥐처럼 보이겠지만 그는 단번에 법륜의 강환을 돌파할 자신이 있었다. 그러자면 틈을 노려야 했다.

법륜의 폭격이 멎어갈 즈음, 방일소는 전개한 마륜갑을 회수하고 무차별적인 공격을 감행했다.

사악!

사아악!

마륜이 춤을 출 때마다 자광이 충천하며 법륜의 시야를 가로막았다. 법륜은 방일소의 저돌적인 공격에 뒤로 물러나는 대신 정면 돌파를 택했다.

남아 있는 강환은 이십여 개. 법륜은 염라주를 허공에 띄운 채 탄지로 남아 있는 강환을 전부 털어 넣었다.

까아아앙!

강환과 마륜이 부딪치자 귀곡성이 울렸다. 법륜은 무력하게 튕겨 나가 하늘에서 터져 나가는 강환을 보며 생각했다.

'쉽지 않겠다.'

팔대마장이라는 위치는 결코 가볍지 않았다. 수호마장이라는 이름이 부끄럽지 않을 정도의 위치였다.

법륜은 문득 궁금한 점이 생겨났다. 저 방일소라는 자는 팔대마장 중 몇 번째에 해당할까.

지금껏 이름도 들어본 적 없는 무인이 천마신교라는 이름을 달고 갑자기 나타났다.

그런데 선보이는 무력은 젊은 후기지수 중 최강이라는 평가를 넘어서 전대의 고수들을 위협할 정도로 성장한 법륜을 웃돈다.

결국 법륜은 머릿속에 떠도는 생각을 입 밖으로 꺼내고 말았다.

"당신, 몇 번째지?"

"몇 번째?"

"팔대수호마장이라는 것, 거기서 몇 번째냐고 물었다."

법륜의 질문이 예상 밖이었는지 방일소는 크게 웃음을 터뜨렸다.

"하하하! 이제 와서 그런 것이 궁금하던가?"

"궁금하지. 당신이 첫 번째라면 나머지는 걱정할 필요가 없을 테니까."

"만약 그렇지 않다면?"

"고생 좀 하겠지."

"하하하!"

방일소는 참지 못하겠다는 듯 배까지 부여잡고 웃어댔다. 눈물마저 보이는 것이 법륜의 질문이 그만큼 어이가 없고 우스웠던 모양이다.

방일소는 광소를 터뜨리다 정색을 하고 입을 열었다.

"내가 제일이다."

"잘됐군."

"그렇지만 다른 놈들도 똑같이 생각하겠지. 내가 제일이다, 내가 최고다 하면서. 꼬리 만 개처럼 보일지도 모르겠지만… 객관적인 시선으로 평가한다면 나는 중간이다. 네 번째나 다섯 번째. 이제 대답이 되었나?"

"네 번째나 다섯 번째라……. 그것 잘됐군."

"잘됐다?"

"밟고 올라설 계단이 많다는 것은 즐거운 일이지. 네 말은 잘 들었다. 서로 잡아먹기 위해 아귀다툼을 벌인다. 허나 너희는 서로를 잡아먹을 수 없을 것이다. 내가 있으니까."

방일소는 법륜의 광오한 말에 즐거운 듯 웃음을 터뜨렸다. 신교 내에서 그에게 싸움을 걸어오는 자들은 팔대마장뿐이다.

타격대주들은 스스로의 깜냥을 알고 있었고, 좌우호법은 무지막지한 괴물들이니까.

"크하하! 과연 그렇게 쉽게 될 수 있을지 한번 해보자고!"

방일소의 륜이 다시 한번 허공을 날았다. 이번엔 양손에 들고 휘두르는 것이 아니라 아예 던져냈다. 두 자루의 마륜이 마치 살아 있는 것처럼 움직였다.

방일소가 손을 움직일 때마다 실이라도 달린 듯 자유자재로 움직이는 모양이 인형 놀이를 보는 것 같았다.

'우선 끊는다!'

쩌엉!

쩌어엉!

법륜은 자신의 주변에서 춤을 추듯 움직이는 마륜을 사멸각 보검난파의 초식으로 튕겨냈다. 금속성이 울려 퍼지며 륜이 튕겨져 나갔다.

법륜은 륜이 갈피를 잃은 틈을 타 앞으로 내달렸다.

'천공고!'

방일소가 미처 륜을 회수하기도 전에 법륜의 천공고가 먼저 작렬했다. 방일소가 두 팔을 십자로 교차해 법륜의 천공고를 막아섰다.

콰앙!

터엉!

법륜의 강공에 방일소가 그대로 일자를 그리며 뒤로 밀려났다.

방일소가 손을 급하게 몸 쪽으로 당기자 멀리 튕겨져 나간 륜이 쏜살같이 법륜의 등으로 날아들었다.

법륜은 등 뒤에서 날아오는 륜을 무시한 채 그대로 재차 천공고를 먹였다.

퍼엉!

콰직!

이번엔 들어갔다. 방일소의 몸이 삼 장을 튕겨져 나갔다. 하지만 상황은 그리 낙관적이지 못했다. 등 뒤로 파고든 두 자루의 륜이 법륜의 등을 할퀴어왔다.

법륜은 불광벽파를 일으켜 재빨리 방어했지만, 등에 두 줄기의 상처를 피할 수 없었다.

찌익!

'깊지 않아.'

백중세. 방일소와 법륜이 한 차례씩 상처를 주고받았다. 법륜은 등에서 흐르는 피를 닦을 겨를도 없이 방일소를 향해 진공파를 터뜨렸다.

선기를 잡은 이상, 약간의 부상은 감수하는 것이 필승의 전략이다.

'이대로 끝낸다.'

방일소의 전면부에서 진공파가 터지자 주변이 흙먼지로 자욱하게 뒤덮였다. 법륜은 다시 한번 염라주를 빚어냈다. 타격 범위는 흙먼지가 뒤덮은 거리 전체.

민가에 피해가 가겠지만 방일소를 잡기 위해선 금전적 손해 따위는 아무래도 좋았다.

법륜이 흙먼지를 향해 염라주를 튕겨내자 다시 한번 폭음이 울려 퍼졌다. 백팔 개의 강환. 법륜은 이번 공격이 방일소의 숨통을 끊을 것이라고 믿어 의심치 않았다. 그런데…….

'누구……?'

흙먼지가 갈라졌다. 무릎을 꿇고 피를 토해내는 방일소 앞엔 처음 보는 두 사람이 자리하고 있었다.

"마장, 내 그리 혼자 움직이지 말라 이르지 않았소."

"그만하게. 지금은 저 괴물을 잡는 것이 우선이야."

두 사람은 등 뒤의 방일소는 거들떠보지도 않은 채 법륜을 향해 경계의 빛을 띠었다. 법륜이 두 사람을 향해 한 걸음 성큼 내디디며 물었다.

"그대들은 누구지?"

그중 검을 든 중년인이 길게 자란 수염을 쓰다듬으며 고풍스러운 말투로 답했다.

"나는 신교의 십이타격대주 중 일인인 수라검대(修羅劍隊)의 초일상이라 하오."

"예(禮)는 무슨. 초가 놈아, 지금 예의 차릴 정신이 있으면 저놈부터 어떻게 해봐라."

사람의 상반신만 한 대부(大斧)를 든 중년인이 초일상을 향해 타박하자 수라검대주 초일상이 끌끌 혀를 찼다.

"어허, 이(李)가야. 저놈은 저래 봬도 중원에서 알아주는 고수라네. 이 정도 예의쯤은 괜찮지 않겠나?"

"그으래? 그럼 나 망혼대주(亡魂隊主) 이순의 도끼 맛을 한번 보여줘야겠구먼."

자신을 이순이라 칭한 중년인이 대부를 붕붕 휘두르며 다가서는 법륜을 위협하자 법륜은 그 자리에서 걸음을 멈춘 채 두 사람의 행태를 가만히 지켜봤다.

'수라검대주에 망혼대주라……. 십이타격대주 중 둘이나 움직이다니.'

확실히 예상 밖이었다. 호북은 정도무림의 전력이 집결되어 있는 곳. 마장이나 되는 이가 어째서 혼자 이곳까지 왔는지 상황이 명확했다.

자광마륜 방일소가 단독 행동을 했고, 두 사람의 타격대주가 황급히 방일소를 제지하기 위해 왔으리라.

"잘됐군. 마장 하나에 타격대주 둘이라. 성과는 성과로군."

법륜이 먹잇감을 노리는 맹수처럼 가볍게 대꾸하자 비교적 쉽게 흥분하는 이순이 대노해 대부를 땅에 찍어댔다.

엄청난 크기를 자랑하는 병기답게 이순의 신력 또한 무시하지 못할 정도로 엄청났다.

콰앙!

콰아앙!

땅에 도끼질을 할 때마다 땅거죽이 움푹움푹 파였다.

"이놈! 어디 내 도끼 맛 좀 봐라!"

이순이 재빠른 몸놀림으로 법륜에게 접근해 대부를 휘둘렀다. 위에서 아래로. 단순한 초식이었다.

하나 초식의 단순함과는 달리 대부가 품고 있는 용력은 무시하지 못할 정도로 위력적이었다.

"허허, 저 미친놈이 또 날뛰는구나."

법륜은 수라검대주 초일상의 한숨 섞인 푸념을 들으며 두 손을 합장해 머리 위로 떨어지는 대부를 막았다. 대부가 법륜의 머리 위, 정확히 다섯 치 앞에서 멈춰 섰다.

쩌어엉!

그저 도끼를 붙잡았을 뿐인데 진기가 부딪치며 찢어지는 소리가 울렸다.

'엄청난 신력.'

가공할 만한 괴력이었다. 하나 힘만을 살린 움직임이여서인지 여기저기 빈틈이 보였다.

법륜이 오른발로 해일을 쓸어내자 망혼대주 이순은 경호성을 내뱉으며 몸을 뒤로 쭉 뺐다. 법륜이 뿜어낸 경력이 막 이순을 덮치려는 때, 이순이 고함을 질렀다.

"아이고! 나 죽는다! 이놈 초가야 뭐 하는 게야? 나 좀 살려라!"

"이미 왔다네."

초일상은 이미 검을 빼 들고 법륜의 지근거리까지 접근한 상태였다. 검극으로 해일의 경파 이곳저곳을 엄청난 속도로 찔러댔다.

휭!

휘잉!

검을 찔러대는 속도가 얼마나 빠른지 검이 움직이고 나서야 한참 뒤에 파공성이 들렸다. 법륜은 수라검대주 초일상이 벌이는 짓이 무슨 행동인지 꿰뚫어 봤다.

'맥점을 찌르고 있다.'

엄청난 판단력에 과감한 손속이었다. 자칫 진기가 이어지는 경로가 아닌 다른 곳을 찔렀다면 경력이 폭발해 전신이 낭자될 것이 분명한데 전혀 망설임이 없었다. 하나 법륜은 감탄하고만 있을 틈이 없었다.

수라검대주 초일상이 검극으로 맥점을 찌르는 동안 망혼대주 이순이 대부를 손에서 놓은 채 그대로 몸을 부딪쳐 왔다.

고법도 박투술도 아닌, 그저 투박한 몸놀림. 하나 그 움직임에는 초식의 묘 따위가 필요 없는 괴력이 담겨 있었다.

"으랴아앗!"

법륜의 몸이 이순의 손에 붙잡혀 허공을 날았다. 법륜은 불광벽파를 최대로 전개해 이어지는 타격을 막아냈다. 그리고,

터엉!

허공을 밟고 한 차례 몸을 뒤집어 그대로 이순의 머리를 향해 발꿈치를 찍어댔다.

"허공답보(虛空踏步)! 이 미친놈이!"

이순이 대경해 몸을 뒤로 빼자 초일상이 그 앞을 막아섰다. 법륜은 다시 한번 허공을 박차고 공중제비를 돌아 착지했다.

터억!

"초가야, 지금 내가 본 것이 진짜냐?"

"후우, 말하지 않았나. 중원에서 최고를 다툰다고. 그래도 놀랍기는 놀랍군."

두 사람이 법륜이 보여준 신기에 놀라고 있는 틈에 법륜은 재빨리 진기를 점검했다.

'내력이 달리는군.'

방일소를 상대로 엄청난 내력을 쏟아부었고, 타격대주 중

둘을 상대로 묘기에 가까운 경신법을 선보였다. 무지막지한 내력을 쌓은 법륜으로서도 힘에 부쳤다.

시간을 끌면 맹회에서도 사람이 올 테지만 저 세 사람을 잡을 수 있을지는 미지수였다.

'빨리 오게.'

법륜은 세 사람을 쏘아보며 아직 움직이지 않고 있는 한 사람을 떠올렸다. 그와 함께 전속력으로 호북까지 주파한 무인. 그가 아직 맹회 내에 있었다. 법륜이 한눈을 파는 시간이 조금 길어서였을까.

어느새 침착해진 초일상과 이순이 눈빛을 교환하며 조금씩 전진하고 있었다.

법륜은 두 사람에게 온 신경을 집중했다.

쐐엑!

'아차!'

법륜이 두 사람을 향해 집중하는 사이 두 자루의 륜이 다시 한번 법륜의 등 뒤를 노리고 날아들었다. 법륜은 등의 지척까지 다가선 마륜을 느끼며 끊임없이 수를 떠올렸다.

'이렇게 된 이상.'

법륜은 두 자루의 륜을 향해 강환을 두둥실 띄어냈다. 강환이 등 뒤에서 폭발하자 엄청난 척력(斥力)이 발생하며 법륜의 몸을 강하게 밀었다.

법륜은 전신을 압박하며 밀어내는 힘에 저항하지 않고 몸을 띄운 채 허공에서 발을 굴렀다.

터엉!

기존보다 월등히 빠른 속도. 등에서 화끈거리는 통증이 느껴졌다. 하나 상처를 돌보고 있을 시간이 없었다. 법륜은 강환의 폭발력을 이용해 초일상과 이순을 향해 날아갔다.

'수라검대주라는 자부터 처리해야 해. 생각보다 까다롭다.'

대부를 사용하는 이순은 엄청난 신력과 속도를 선보였지만 그게 전부였다.

반면 초일상은 정교하고 대담했다. 그리고 뛰어난 판단력을 선보였다. 위험도가 높은 초일상을 먼저 치는 것이 당연한 일이었다.

법륜이 불광벽파를 일으키며 어깨를 부딪쳐 가자 초일상이 검과 검집을 십자로 교차해 공격을 막으려 했다.

쩌어어엉!

초일상의 검과 검집이 부러질 듯 휘었다. 어떻게 막기는 했지만 그 충격이 고스란히 몸에 전해진 듯한 얼굴이다. 법륜은 그 기회를 놓치고 싶지 않았다.

이어지는 공격은 육도지옥수 파옥이었다.

법륜의 손에 휩싸인 수강이 초일상의 검집을 부러뜨렸다. 검파에 수라의 형상이 그려진 검 또한 기음을 내며 부러질 듯 구부러졌다.

"어딜!"

초일상의 위기에 급하게 난입한 자는 대부를 휘두르는 이순이 아닌, 뒤에서 진기를 조절하고 있던 방일소였다.

륜이 저 멀리 튕겨져 나가 회수할 틈이 없어 적수공권(赤手空拳)으로 달려들었다.

하나 륜이 없어도 마장은 마장인지 자광에 휩싸인 일권은 초일상에게 온전히 집중하고 있는 법륜으로선 쉽사리 볼 수 없는 위력을 담고 있었다.

"치잇!"

법륜이 방일소의 일권을 피해 물러나려는 그때,

"물러나지 마!"

은빛의 검을 든 금룡(禽龍)의 외침이 들렸다. 은색의 검이 금빛으로 물들었다. 그리고 포탄을 쏘아낸다.

금검포신탄(金劍砲神彈). 황실 제일의 위력을 발한다는 금룡상장검의 계승자 조비영이 전장에 당도했다.

"제길!"

방일소가 욕지거리를 내뱉으며 재빨리 일권을 회수해 자광을 전신에 둘렀다. 금검포신탄은 법륜조차도 쉽게 막기 힘들 정도의 절기. 방일소가 아무리 그와 같은 경지여도 신병 없이 막아내기엔 무리였다.

엄청난 위력에 초일상과 이순이 황급히 방일소의 앞에 자리를 잡았다. 두 사람은 재빨리 눈빛을 교환했다.

'이거 막고 나면 초죽음이다. 어떻게 해야 하는지 알지?'

'물론.'

이순이 가장 앞에 섰다. 대부를 측면으로 세워 전신을 가린 채 진기를 끌어올린다. 초일상은 그 대부 뒤에서 쾌검을 휘둘러 여파를 밀어낸다.

그것이 둘의 계획이었다. 하나 그들은 조비영의 힘을 너무 간과했다. 금검포신탄은 그 정도가 아니었다.

콰아아아앙!

땅에 이무기가 기어간 듯 굵은 선 하나가 파였다. 흙먼지가 자욱한 그곳에서 금룡의 음성이 들려왔다.

"내가 너무 늦었군."

"아니오. 늦지 않았소."

법륜은 반가운 표정으로 조비영을 맞이했다. 조비영의 외형은 그간 많이 달라져 있었다. 황실의 관원으로서 언제나 멀끔하던 과거와는 달리 지금은 완벽한 야인의 모습을 하고 있었다.

"그런가."

조비영은 가볍게 대꾸하며 흙먼지를 향해 발을 내디뎠다.

특색 없는 철검이 자욱하던 먼지를 가르자 정경이 드러났다. 대지에 단단히 박힌 대부 하나, 그리고 그 뒤에서 조비영의 전력을 막아내느라 쉴 새 없이 검을 휘두르던 초일상까지.

"단단하군."

말 그대로였다. 금검포신탄에 맞고도 이순의 대부는 멀쩡한 형상을 유지하고 있었다.

"단단하다면."

한 번 더 폭격하면 된다. 조비영이 검을 들어 올리자 금빛 진기가 검에 넘실거렸다.

법륜의 것과는 조금 다른 느낌의 색이었다. 법륜의 금기가 신성한 느낌이 든다면 조비영의 금기는 용(龍)이라는 짐승의 난폭함이 묻어 있었다.

"잠깐!"

조비영이 금검포신탄을 장전하자 초일상이 숨을 헐떡이며 손을 흔들었다. 초일상은 검을 땅에 푹 꽂아 넣은 채로 버티고 서 있었다.

"한계요. 당신들이 이겼소이다. 솔직히 해볼 만하다고 생각했는데 둘은 무리겠소. 그러니 이대로 보내주시겠소?"

"보내달라? 웃기는 소리를 하는군."

조비영이 한 자, 한 자 씹어 먹듯 내뱉으며 그대로 금검포를 쏘아낼 것처럼 검을 들이밀자 대부 속에 얼굴을 감추고 있던 이순이 양손을 들고 소리쳤다.

"항복!"

"필요 없다."

금검의 포탄이 다시 한번 쏘아졌다. 이순과 초일상은 등 뒤에서 진기를 회복하고 있는 방일소를 보며 입술을 깨물었다. 저 두 사람의 손에서 빠져나가려면 방일소의 도움이 반드시 필요했다.

[이가야, 어떻게든 시간을 끌어볼 테니 뒤도 돌아보지 말고 달려라.]

[뭐라?]

이순의 표정이 와락 일그러졌다. 말도 안 되는 소리다. 초가야, 이가야 하며 서로 막말을 하는 사이이긴 하지만 두 사람의 우정은 그 누구보다 두터웠다.

언제나 초일상보다는 오래 살겠다며 그를 도발했지만, 적어도 지금 이 자리에서 이렇게 허무하게 죽일 생각은 없었다.

[말도 안 되는 소리. 나는 안 간다.]

[제길, 그럼 제대로 해.]

고풍스러운 말만 골라서 하던 초일상의 입에서 욕지거리가 나오자 이순은 말없이 고개만 끄덕였다. 이순이 땅에 꽂힌 대부의 자루에 손을 가져다 대자 지금껏 가볍던 기세가 한순간에 사라졌다.

"제기럴, 이건 초가 네놈이 책임져야 한다."

"물론."

금검의 포탄이 어느새 지근거리까지 다가와 있었다. 이순의 대부에서 시뻘건 불이 뿜어졌다. 아니, 뿜어진 것처럼 보였다.

마치 고대에 천지를 창조했다는 전설을 지닌 거인 반고가 도끼를 휘두르는 것처럼 보였다.

"빌어먹을!"

이순의 고함이 쩌렁쩌렁 울렸다. 마치 모든 힘을 쥐어짜 일격에 쏟아붓는 것 같은 모양새다. 반고의 대부와 금검의 포탄이 만났다.

파아아앙!

쩌어어어엉! 쩌정!

금속이 폭발하는 소리가 울리자 조비영은 눈을 부릅떴다. 그가 자신하는 최고의 절기를 막아낼 것이라고는 생각지도 않았는데, 중년인의 대부가 포신탄을 정확하게 반으로 가르자 그 생각이 달라진 것이다.

'재미있군.'

그는 아직 여력이 있었다. 그간 갈고닦은 것들이 그리 헛되지는 않았는지 아직 서너 발의 포신탄을 더 던질 수 있는 것이다.

조비영의 심장이 두근거렸다. 얼마나 더 받아낼 수 있을지 시험해 보고 싶었다.

하나 그의 그런 바람은 물거품처럼 사그라졌다. 포신탄을 갈라낸 이순의 대부가 힘없이 바닥으로 떨어진 까닭이다.

쩔그렁!

"빨리!"

이순이 대부를 힘없이 떨어뜨리며 고함을 치자 뒤에서 대기하고 있던 초일상이 재빠르게 움직였다.

검은 어느새 멨는지 등 뒤에 매달려 있고 오른손으론 이순을, 그리고 왼손으론 방일소를 집어 든 채 달리기 시작했다.

"어딜!"

법륜과 조비영은 그런 세 사람을 놓치고 싶지 않았다. 이순이 방금 보여준 불가사의한 힘, 단발성이긴 하지만 충분히 위력적인 무력이었다.

게다가 전장을 보는 정확한 판단력을 지닌 초일상은 또 어떠한가. 팔대마장이라는 칭호를 떠나서 시간을 두고 성장한다면 마장급 이상으로 성장할 가능성이 충분한 자였다.

앞으로 달려 나가며 두 사람은 서로 눈빛을 교환했다.

'내가 마륜을.'

'좋다, 그렇다면 내가 둘을 맡지.'

찰나의 순간에 빠르게 의견을 교환했다. 법륜은 지면을 딛고 달리면서 손을 들어 초일상의 등을 조준했다.

강력한 한 방. 십지관천의 마관포가 법륜의 손끝에서 불을 뿜었다.

조비영 또한 가만있지 않았다. 의견 교환을 하긴 했지만, 셋 다 어떻게 되든 상관없다는 식으로 포신탄을 연달아 두 번 더 갈겼다.

콰아아아!

파아아아아!

등 뒤로 막대한 경력이 쏟아지자 초일상은 황급히 두 사람을 앞으로 내던지고 뒤로 돌아 등에 달린 검을 뽑아 거칠게 휘둘렀다.

지금까지 보여준 정교한 검세(劍勢)와는 다른, 투박하고 야성적인 기운이 느껴지는 검술이었다.

촤라라락!

감겨 있던 비단 폭이 풀리는 것처럼 검기가 풀려 나왔다. 마치 방어만을 위해 존재하는 초식인 것처럼 전면을 둘러친 검기가 물샐틈없이 촘촘하게 방어하고 있었다.

하나 포신탄을 던져낸 조비영이 어디 보통 무인이던가. 초일상이 아무리 강력해도 지금의 조비영을 상대할 수는 없었다.

퍼어어어!

비단 폭처럼 흘러나온 검기가 맥없이 찢어졌다. 초일상은 역시 그럴 줄 알았다는 표정으로 고개를 끄덕였다. 그렇다고 여기에서 멈출 생각은 없었다.

초일상은 다시 검을 고쳐 쥐었다. 이대로 돌파당하면 마장 하나에 타격대주 둘 모두 목숨을 잃는다.

마장은 말 그대로 일인군단. 그런 무인을 이렇게 허무하게 잃는다면 얼굴을 들 면목이 없다. 게다가 타격대주는 홀몸이 아니다. 그를 따르는 대원들이 수두룩하다.

여기에서 모두 죽는다면 이제 막 진군을 시작한 신교로선 뼈아픈 손실이었다.

'그러자면…….'

셋 다 죽느니 한 사람만 죽는 것이 수지에 맞지 않겠는가. 초일상은 죽음을 각오했다.

죽음을 각오하자 눈빛이 변했다. 언제나 차가운 이성을 유지할 것만 같던 그의 얼굴에 뜨거운 열기가 올라왔다.

뒤를 흘끗 돌아보니 인사불성이 된 이순을 방일소가 멱살을 부여잡은 채 달려가는 모습이 보였다.

속도는 느리지만 자신이 버텨주기만 한다면 무사히 도주할 수 있을 정도의 속도였다.

"재미있는 짓을 하는군. 이쪽은 나한테 맡겨라. 잡을 수 있겠지?"

"물론."

불행한 점은 초일상이 상대하는 적이 하나가 아니라는 점이었다. 조비영이 초일상이 검을 뻗어낼 공간을 순식간에 선점하자 법륜이 그 틈을 비집고 지면을 굴렀다.

눈 뜨고 코 베인다는 말처럼 초일상은 법륜의 돌파를 무력하게 바라볼 수밖에 없었다.

조비영은 빠른 속도로 저만치 멀어진 법륜을 보며 입을 열었다.

"오랜만이다."

"무엇이……?"

"전력을 드러내 보이는 것이."

말이 끝나기가 무섭게 조비영의 몸에서 무시무시한 기세가 폭발했다.

사나운 짐승이 장시간 우리에 갇혀 있다 풀려난 것처럼 진기의 흐름이 거칠었다.

하나 초일상은 무차별적이고 폭력적인 진기의 흐름 속에서 일정한 흐름을 발견할 수 있었다. 그것은 질서였다.

질서(秩序). 언뜻 거칠게 풀어놓은 것처럼 보이지만 조비영의 무(武)에는 질서가 있었다. 우리에서 풀려난 맹수가 자력으로 우리를 탈출한 것이 아니었다.

맹수는 철저한 교육과 훈련을 통해 완벽하게 길들여진 상태에서 우리를 빠져나왔다.

'이놈도… 괴물이군.'

이런 난폭한 기세는 초일상 자신을 포함한 같은 십이타격대주에게서는 느낄 수 없는 종류의 것이었다. 그 말은 곧 조비영의 무위가 자신보다 위에 있으며, 어쩌면 마장급에 근접한, 혹은 마장급을 뛰어넘는 무위를 가지고 있다고 봐도 좋았다.

"어찌 되었을지."

초일상은 조비영이라는 대적을 앞에 두고 하늘을 올려다봤다. 석양이 지고 있었다.

어쩌면 오늘 볼 수 있는 마지막 석양일지도 몰랐다.

"시작하지."

초일상이 먼저 검을 들어 올렸다. 조비영이 송곳니를 드러냈다. 명백한 포식자의 웃음이었다.

* * *

법륜은 길지 않은 시간 안에 도주하는 두 사람을 시야에 담을 수 있었다. 아직 염라주의 폭격 여파를 제대로 수습하지 못했는지 방일소는 상당히 지쳐 보였다.

방일소는 뒤통수에서 느껴지는 서늘한 기세에 저도 모르게 걸음을 멈췄다.

"후웃, 후웃! 벌써 따라왔나?"

"당신이 늦은 거지 내가 빠른 것은 아니야."

법륜이 차분한 얼굴로 방일소를 바라보자 그는 입을 꾹 다물 수밖에 없었다. 말 그대로였다. 느린 것은 자신 쪽이었다.

막대한 진기의 소모, 그리 심각하지는 않지만 약간의 부상이 지금의 상황을 초래했다. 그리고 그의 분신이나 다름없는 마륜의 부재는 상황을 심각하게 만들기에 충분했다.

'역시… 오지 말 것을 그랬나. 좌호법의 말을 들을 것을.'

절대 혼자서 법륜과 부딪치지 말라던 철부용의 얼굴이 아른거렸다.

철부용은 방일소가 호북을 향하기도 전에 이미 이번 사태를 직감이라도 했다는 듯한 얼굴로 자신을 노려봤다.

"이제 와선 별수 없는 일이지."

남아 있는 선택지는 단 하나뿐이었다. 싸우는 것, 그리고 죽는 것. 법륜이 강요한 선택지는 그것뿐이었다.

"그렇다면 싸울 수밖에."

방일소는 이순을 땅에 내려놓았다. 몸이 튼튼한 놈이니 자신이 양패구상을 노린다면 충분히 살아서 신교로 귀환할 것이다.

타격대주 중 한 놈이라도 살린다면 이번 죽음에 대한 실책이 조금쯤은 가려지겠지.

"오라."

법륜은 방일소의 결연한 표정을 보며 선수를 양보했다. 결코 그를 얕보거나 방심해서 내린 결정은 아니었다. 방일소가 보여준 결연한 의지, 그것에 대한 보답일 뿐이었다.

법륜의 선공 양보에 방일소는 주먹을 뿌드득 소리가 날 정도로 힘껏 움켜쥐었다. 자광(紫光)이 몸 주변으로 스멀스멀 올라왔다.

"간다."

방일소는 부상과 체력 소모가 무색하게도 빨랐다. 아마 상대하는 이가 법륜이 아니었다면 단번에 전세가 역전되었어도 이상하지 않을 일이었다.

게다가 마륜만 휘두를 줄 안다고 생각했는데 권각술도 상상 이상이었다.

'만류귀종이라는 건가.'

하지만 법륜은 이곳에서 주저앉거나 멈춰 설 생각이 전혀 없었다. 그 의지의 표명은 방일소의 권격을 맞받아내는 법륜의 무공에서 드러났다.

야차구도살의 십팔강격. 송곳처럼 솟아오른 강기가 방일소의 두 주먹을 꿰뚫었다.

쩌억!

쩌어억!

강기가 육신을 파고들 때마다 피륙 찢어지는 소리가 연달아 들렸다.

십팔강격을 모두 때리기도 전에 방일소의 전신이 구멍으로 가득했다. 구멍에서 흘러내리는 핏물은 덤이다.

"강하군."

방일소는 천천히 고개를 아래로 내려 자신의 몸에 난 구멍들을 멍한 표정으로 바라보았다. 마륜이 없다지만 이토록 처참하게 밀릴 거라곤 생각도 못했는데 예상이 산산조각 났다.

"강하다? 아니, 당신이 약해진 거야."

느려졌다는 것과 똑같은 대답이다. 하나 방일소는 순순히 고개를 끄덕였다. 그보다 맞는 말을 찾기가 쉽지 않은 탓이다.

"그런가."

잠시 생각에 잠긴 듯하던 방일소는 힘겹게 고개를 돌려 이순을 바라봤다.

"저 친구, 살려줄 수는 없겠지?"

"……."

법륜이 굳이 대답할 말을 찾지 못해 입을 꾹 다물어 버리자 방일소는 알았다는 듯 다시 한번 고개를 끄덕였다.

이제는 작은 움직임마저 힘들다는 듯 고개를 움직일 때마다 얼굴이 와락 찌푸려졌다.

미약한 진기의 힘으로 생명을 붙잡고 있기는 했지만 이제 곧 그것도 한계에 달할 터. 법륜은 조용히 방일소의 최후를 지켜봤다.

"하, 그렇군. 좋은 인생이었다. 비록 이름 없는 야산에서 죽어갈지언정 한 점 부끄러움 없는 인생을 살았다고 자부한다. 그리고… 무인으로서의 최후를 맞게 해줘서 고맙다는 말을 남기고 싶군."

"……."

법륜은 그대로 눈을 감은 방일소를 말없이 바라봤다. 만약 그의 두 손에 마륜이 들려 있었다면 어땠을까. 적어도 몇 수는 더 나눠봤을 것이다.

정(正)과 마(魔)의 이념을 떠나서 보기 힘든 경지의 무인이었고 아까운 사내였다.

하지만 이제 그는 없다.

남은 것은 선택뿐이었다.

"일단은 돌아가야겠군. 그전에……."

법륜은 미동도 없이 땅에 처박힌 이순을 바라봤다. 역시 정신을 잃은 사람의 목숨을 끊는 것은 어려웠다.

"이제 오나?"

방일소의 시신과 혼절한 이순을 양팔에 끼고 돌아온 법륜을 향해 조비영이 내뱉은 첫마디이다. 그는 바위에 걸터앉아 초일상의 시신을 내려다보고 있었다.

"늦었나? 그리 오래 걸리지는 않았는데. 그보다 그쪽은 진작 끝난 모양이군."

"제법이었지."

조비영은 초일상의 무위를 제법이라는 두 글자로 설명했다. 조비영은 금검포신탄의 여력에 난자가 된 시신으로 화한 초일상을 물끄러미 바라보며 웃었다.

산속에서 지내며 쌓인 울분을 다 쏟아낸 것 같은 얼굴이었다.

"후련한 얼굴이군."

"후련하다? 음, 어떻게 보면 맞는 말이로군."

조비영은 순순히 인정했다. 오랜만에 전력을 쏟아내서 그런지 속이 개운했다.

숭산에 머물 때와는 다르게 주변 눈치 볼 것 없이 힘을 터뜨려서 후련한 기분까지 들었다. 법륜은 조비영의 인정에 말없이 고개를 끄덕였다.

'실로 어려운 남자로군.'

그가 어떻게든 고삐를 채워보려고 했지만 길들여지지 않는 맹수처럼 느껴졌다. 하지만 그 점이야말로 조비영의 진정한 강점이었다.

맹수는 배가 고플 때만 사냥한다. 그리고 한번 점찍은 먹잇감을 두고 절대 뒤돌아서지 않는다.

'그리고 호적수를 만나면 더 성장하고 강해지지.'

하나의 산에 두 마리의 호랑이가 함께 살 수 없는 것처럼 천마신교를 맞이한 조비영의 마음가짐은 그 어느 때보다 훌륭했다.

"일단 돌아가지."

"……."

조비영은 말없이 고개만 끄덕였다. 법륜 또한 과묵한 편이긴 하지만 조비영은 그에 버금갈 정도로 말이 없었다. 조비영은 초일상의 시신을 둘러멘 채 말없이 앞서 걷기 시작했다.

법륜은 그런 조비영의 뒷모습을 바라보며 묵묵히 걸었다. 묵묵히 뒤에서 걷다 보니 조비영에게 달라진 점이 보였다.

"검(劍)이 바뀌었군."

"꽤 좋은 검이라서."

조비영은 허리춤에 걸린 검을 툭 건드리며 초일상의 시신을 향해 눈짓했다. 그러다 문득 무언가 떠올랐는지 과묵한 입을 열었다.

"참, 그 살아 있는 놈, 그놈의 대부도 평범한 것 같지 않던데?"

"아!"

거기까지는 생각이 미치지 못했는지 법륜이 나지막한 탄성을 터뜨렸다. 이순의 대부, 그리고 방일소의 마륜까지 하나같이 신병이 아닌 것이 없었다.

"어차피 그곳을 통과해야 하니 겸사겸사 주워가는 것도 나쁘지 않겠지."

"확실히 그렇군."

법륜이 조비영의 말에 동의하자 조비영은 언제 입을 열었냐는 듯 다시 발걸음을 옮기기 시작했다.

얼마나 걸었을까. 반쯤 폐허가 된 거리가 한눈에 들어왔다. 한데 생각한 것보다 거리가 시끄러웠다.

"거기! 사람이 있다! 어린아이다! 사람들을 불러와!"

"빨리 물을 가져오라고! 핏물이 범벅인 곳에서 사람이 편히 숨이라도 쉬겠어?"

아무래도 법륜과 조비영이 한번 휩쓸고 간 다음 소란이 잦아들자 맹회에서 인력을 파견해 뒷수습을 하고 있는 것 같았다.

"앗! 저기 사람이다!"

맹회의 무인들이 순식간에 법륜과 조비영을 에워쌌다. 푸른 빛깔의 무복이 인상적인 집단이다.

그때 무인들을 헤치고 한 사내가 앞으로 나섰다. 그중 지위가 좀 높은지 나서는 태도와 말투가 당당하기 그지없었다.

"그대들은 누구요? 나는 정도맹회 산하 청룡당 소속 고태강이라 하오만."

고태강은 앞으로 나서면서도 내심 자신만만했다.

이번에 정도맹회에서 새롭게 조직한 사신당(四神黨)은 한 개의 당마다 열 개의 조로 이루어져 있었고, 조장에겐 자신을 제외한 열아홉의 무인을 부릴 수 있는 권한이 주어졌다.

'그리고 나는 그 조장 중에서 한 명이지.'

고태강이 자신만만한 얼굴로 법륜과 조비영을 응시했다. 법륜은 머릿속으로 들려오는 고태강의 속마음에 내심 쓴웃음을 지었다.

인간은 무리를 짓고 산다. 그러다 보면 필연적으로 누군가를 밟고 올라서는 사람이 나온다. 고태강은 그런 자로 보였다.

"수고가 많군."

법륜이 미처 조치를 취하기도 전에 조비영이 성큼성큼 인파 안으로 들어섰다.

"멈춰! 신원을 밝혀라! 그렇지 않으면 맹으로 끌고 가 엄히

추궁하겠다!"

"귀찮군."

조비영은 여차하면 베겠다는 얼굴로 주변을 둘러봤다. 마음이 동했는지 그의 몸 주위로 아지랑이 같은 기세가 스멀스멀 올라왔다.

순식간에 무시무시한 기세가 퍼져 나가자 법륜은 황급히 조비영의 어깨에 손을 올렸다.

"그만하게. 바쁜 사람들인 것 같은데 이 정도는 양해해 줘야지. 그쪽, 청룡당 소속이라고 했지?"

"그, 그렇소만……?"

떨떠름한 얼굴로 고태강이 반문하자 법륜이 웃으며 답했다.

"신승 법륜이오. 숭산에서 왔소이다. 구양 가주에게 볼일이 있으니 길을 열어줬으면 하오."

"신승……?"

도저히 믿을 수 없다는 얼빠진 얼굴로 중얼거리자 법륜은 나지막하지만 힘 있는 목소리로 고태강을 불러 세웠다.

"확인해 보시오. 구양 가주가 보증해 줄 것이오. 그럼 우리도 잠시 할 일이 있으니……."

법륜은 진기를 끌어올려 부드럽게 주변을 밀어냈다. 조비영처럼 한순간에 기세를 폭발시키는 것이 아니라 스스로 물러나게끔 유도한 것이다.

자연스럽게 풍기는 절대자의 기세에 주변을 둘러싼 청룡당 소속 무사들이 뒷걸음질을 쳤다.

'보통 일이 아니다!'

고태강은 그제야 자신이 무슨 만행을 저질렀는지 깨달았다. 신승은 중원의 무인이라면 누구나 우러러보는 고수였다. 특히나 젊은 나이일수록 더 열광했다.

고태강이 작금의 사태를 어떻게 풀어나갈지 고민하는 찰나에 그의 뒤에서 아직은 앳된 얼굴을 한 무사 하나가 걸어 나왔다.

"그래도 확인은 필요합니다. 잠시만 기다려 주시지요. 발이 빠른 친구들에게 부탁해 보겠습니다."

법륜과 조비영의 기세 앞에서도 주눅 들지 않는 당당함, 그리고 도리에 맞게 일을 처리하고자 하는 공정함까지. 법륜은 젊은 무사를 보며 내심 감탄했다.

무공이야 보잘것없지만 이런 점이야말로 정도맹회가 가져야 하는 본질이었다.

"그러지. 빨리 부탁하네."

"알겠습니다."

법륜이 자신의 부탁을 들어줬다고 생각했는지 젊은 무사는 신이 나서 달려갔다. 아마 온갖 호들갑을 떨며 최대한 일이 빠르게 진행되도록 애쓸 것이 분명했다. 법륜은 멀어지는 청룡당 무사를 보며 조비영에게 속삭였다.

"그보다 느껴지나?"

"물론. 지독하군."

무공이 낮은 이들이 느끼지 못하는 것. 법륜과 조비영은 거리에 내려앉은 기이한 기운에 집중했다.

기묘한 기운이 하나둘 늘어가더니 어느새 법륜과 조비영이 자리한 장소를 둘러싸고 시위하듯 그 기세를 늘려갔다.

법륜은 단언하듯 말을 내뱉었다.

"군기(軍氣)다."

"어느 쪽이지?"

"신교."

법륜이 짤막하게 답하자 조비영은 그럴 수도 있겠다는 듯 고개를 주억거렸다.

지휘관 셋이 소리 소문도 없이 사라졌다. 휘하의 무인들이 그 셋을 찾아나서는 것도 이상한 일은 아니었다. 게다가 법륜과 조비영이 만들어놓은 폐허는 격전을 떠올리게 할 가능성이 농후했다.

'그리고 여기까지 찾아왔겠지.'

좋지 않았다. 법륜이나 조비영이나 꽤 많은 체력과 진기를 소모했다. 어떤 자들이 들이닥칠지 모를 이 상황에 팔자 좋게 신승에 관해 떠드는 맹회의 무사들을 지켜가며 싸운다면 손해도 그런 손해가 없을 것이다.

"고태강이라고 했나?"

법륜은 잔뜩 얼어 있는 고태강을 불렀다. 법륜이 자신을 부를 줄 생각지 못한 고태강은 저도 모르게 큰 소리로 대답했다.

"넷!"

"여기 이 시신들과 이 사람, 맹회로 이송해 줘야겠소."

"네? 그게 무슨……."

"시간이 없소. 휘하의 무인들을 이끌고 구양 가주에게 가서 직접 전달하시오. 그거면 되오. 내 부탁, 들어줄 수 있겠소?"

"물론입니다. 헌데 이들이 누구이길래……."

답은 조비영의 입에서 나왔다. 그는 굉장히 흥분한 상태였다.

"마장, 그리고 십이타격대주 둘. 빠르다. 어서 보내."

전자는 고태강을 향해서, 후자는 법륜을 향해서 한 말이었다. 그는 초일상의 애검이던 수라검(修羅劍)을 고쳐 쥐었다. 법륜 또한 마주 고개를 끄덕였다.

"부탁하겠소. 사람들을 물리시오."

고태강이 계속해서 망설이자 조비영이 참지 못하고 호통을 내질렀다.

"빨리 꺼져!"

"네엣!"

고태강은 청룡당 휘하의 무사들을 불러 세 사람을 인계받고 물러났다.

법륜과 조비영은 멀어져 가는 기척을 몸으로 느끼며 주변을 향해 조여드는 칼날의 숫자를 가늠하고 있었다.

'많군. 적어도 백 이상.'

법륜의 두 눈이 침중한 빛으로 가라앉았다. 조비영 또한 긴장감에 손에 땀이 차는지 계속해서 검을 쥔 손을 옷자락에 닦아냈다. 법륜이 조비영을 향해 물었다.

"여력이 얼마나 되지?"

"절반 조금 넘게. 당신은?"

"이쪽도 마찬가지."

조비영은 잠시 생각에 잠기는 듯하더니 법륜을 향해 한 가지 제안을 했다.

"크게 두 번 터뜨리자."

크게 두 번. 조비영의 금검포신탄과 법륜의 염라주를 말함이다. 법륜은 조비영을 바라보며 마주 고개를 끄덕였다. 조비영의 제안엔 두 가지 포석이 있었다.

첫째는 이쪽에서 최대한 소란스럽게 굴어준다면 맹회 또한 가만히 있지는 않을 것이라는 판단이다.

마장이 출현했다는 정보가 이미 상부에 전달되었을 것이고, 시간이 조금 더 흐르면 마장의 시신 또한 전달이 될 것이다. 맹회의 입장에선 앞마당에 일어난 소란에 대해 빨리 파악하고 정리하고 싶을 것이다.

두 번째는 숫자였다. 이쪽은 둘, 반면에 느껴지는 적의 기척은 적어도 백 이상.

게다가 천마신교의 주력 부대나 마찬가지이니 적이 방심한 틈을 타 최대한 숫자를 줄이자는 의도였다. 그러자면 금검포신탄과 염라주가 최고로 효율이 좋았다.

“좋아, 그쪽이 먼저.”

법륜은 빠르게 다가서는 기척을 느끼며 주변으로 금기의 벽을 둘러쳤다. 조비영이 포신탄을 준비하는 도중에 벌어질 불의의 습격을 미연에 방지하고자 함이다.

법륜은 속으로 숫자를 셌다. 열, 아홉, 여덟… 셋, 둘, 하나.

적의 선두가 모습을 드러냈다. 지니고 있는 병기가 검 일색인 것을 보니 초일상이 이끄는 검대가 분명해 보였다. 조비영은 수라검대의 빠른 전진을 보며 일격을 준비했다.

지이이이잉!

“지금.”

금기의 벽이 걷히며 금검의 포탄이 하늘을 꿰뚫을 듯 단번에 치고 나갔다.

콰아아아!

금검의 포탄이 주변을 휩쓸고 지나갔다. 가장 앞에 있던 무인이 미처 반응도 못 해보고 사지가 터져 나갔다. 법륜이 조비영의 역할을 이어받았다. 이어지는 염라주. 백팔 개의 강환이 두둥실 떠올랐다.

이격.

염라주의 강환이 전후좌우를 가리지 않고 폭발했다. 법륜은 거기에서 그치지 않았다. 순식간에 수십 줄기의 적옥을 띄워 폭발시켰다.

파아아아!

아비규환(阿鼻叫喚).

비명성이 끊이질 않았다. 하나 불행하게도 적의 전력은 수라검대 하나가 아니었다. 이순을 따르는 망혼대와 방일소가 거두어 기른 자광칠귀(紫光七鬼)까지. 맹회의 전력이 올 때까지 법륜과 조비영은 사력을 다해 버텨야 했다.

제사십이장(第四十二章)

급변(急變)

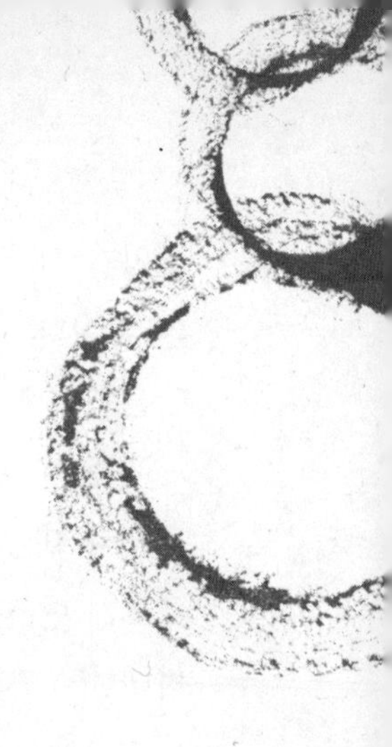

법륜의 부탁을 받은 고태강은 열심히 달렸다. 사력을 다했다는 말은 이럴 때 쓰는 말이리라 생각하며 달리고 또 달렸다. 목적지는 당연하게도 맹회였다.

하나 늘 드나드는 곳임에도 불구하고 고태강의 머릿속은 복잡하기 그지없었다. 그가 만나야 할 존재가 기존에 봐온 인물들과는 차원이 달랐기 때문이다.

'무슨 수로 군사부까지 들어가지.'

법륜은 시신과 포로를 인계하면서 구양세가의 가주를 찾으라고 했다. 구양세가의 신임 가주. 이제 막 강호에 이름을 떨치기 시작한 인물이다. 하지만 그 이름의 크기는 결코 작지 않았다. 고태강 같은 말단 무사의 지위로 만나기엔 쉽지 않은 인물인 까닭이다.

"정문이 보입니다!"

뒤따르던 청룡당 무사 하나가 외치자 고태강의 안색은 더 푸르게 변했다. 그저 사람 하나를 만나는 것임에도 마음속에 막대한 부담감이 자리했다.

지위의 격차를 실감했다는 것이 정확했다.

"일단 멈추지 말고 달려! 정문에 도달하기 전에 판단하겠다!"

맹회의 정문은 점점 더 가까워졌다. 그럴수록 고태강의 머릿속은 더 복잡해졌다. 고태강은 짧은 시간 고민을 통해 그로서는 쉽사리 할 수 없는 결단을 내렸다.

"정문에서 우회해 돌파한다!"

고태강의 선언에 뒤따르던 청룡당 무사들의 안색이 절로 굳어졌다.

위험한 선택이었다. 하나 뒤따르던 무사들도 고태강이 어째서 이런 선택을 했는가에 대한 의문을 품지 않았다. 아니, 그러지 못했다.

청룡당을 포함한 사신당은 맹회에서 입지가 매우 미묘했다. 구파와 팔대세가가 주축인 맹회에서 중소 문파와 약소

가문들, 그리고 홀로 강호를 떠돌던 낭인들을 규합해 많든 당, 그것이 사신당의 실체였다.

사정을 잘 모르는 자들은 맹회가 약소 문파들을 끌어안는 대승적인 결단을 했다고 말하지만 실상은 달랐다.

칼받이.

전투의 선봉에 서서 가장 먼저 적의 칼을 맞는 곳, 그게 사신당의 실체였다. 아무도 사신당을 거들떠보지 않았다.

귀족과 평민. 정확하게 표현하자면 사신당은 평민이었고 구파와 팔대세가는 귀족이었다.

그러니 당주도 아닌 일개 조장인 고태강이 구양비를 만날 수 있는 방법은 이런 막무가내식 돌파밖에 없었던 것이다.

뒤따르던 청룡당의 무사들로선 고태강이 구양세가의 가주를 만나기 위해 과감한 결단을 내렸다고 생각했다.

"곧장 담장을 넘는다!"

고태강이 크게 외쳤지만 답은 돌아오지 않았다. 자신도 왜인지는 알 수 없었다. 법륜의 부탁을 받았고, 그 부탁을 완수해야 한다는 생각만이 가득했다.

아마 뒤따르는 이들도 같은 생각을 하고 있으리라.

절대자의 위용을 보아서일까, 그게 아니라면 자신은 닿을 수 없는 젊은 영웅에 대한 동경이었을까. 고태강은 머릿속에 난립하는 생각들을 뒤로한 채 담장을 마주했다.

'그런 것은 아무래도 상관없어.'

자신들을 칼받이로 여기는 맹회와 위험하다며 빨리 자리를 피하라던 젊은 신성. 고태강의 결단을 이끌어낸 것은 단지 그 차이였을 뿐이다.

하나 고태강을 위시한 청룡당의 무사들은 담장 앞에서 허무하게 전진을 멈출 수밖에 없었다.

"왜, 담장이라도 넘으려고?"

나지막하게 들려오는 늙은이의 목소리. 몸에 걸친 누더기와 낡아빠진 호리병, 그리고 손때가 잔뜩 묻은 한 자루의 타구봉(打狗棒), 게다가 몸에서 풍기는 악취는 개방의 독보적인 표식이나 다름없었다.

현재 맹회에서 하오문과 함께 정보를 담당하고 있는 개방의 인물이었다.

'일곱 개.'

소매에 묶인 매듭이 일곱 개였다. 개방의 장로이다. 고태강은 눈앞에서 마주한 철벽에 저도 모르게 큰 소리를 내고 말았다.

"급합니다! 군사부에 전달할 것이 있습니다!"

"끌끌, 군사부라……."

개방의 장로 취풍개 이달은 군사부라는 말에 속으로 혀를 찼다. 개방이라는 대방파의 장로로서 참으로 속이 상하는 일이었다. 강호에 위기가 있었을 때마다 정보의 수집과 취합을 도맡아 해온 개방이다.

심지어 맹회에 모인 무인들의 숫자보다 개방 전체의 방도 수가 훨씬 많았다.

그럼에도 팔대세가의 애송이가 지닌 위치와 힘이 대방파 개방을 억누르고 밑에 두려 했다.

온갖 수라장을 거쳐온 개방의 장로로서 자존심이 상하는 일이었다. 하나 공은 공이고 사는 사. 취풍개 이달은 공과 사가 분명한 인물이었다.

'자존심이 상하지만… 할 수 없지.'

방금 전 맹회에 전달된 급보. 신승이라는 애송이의 신원 확인을 위해 온 젊은 청년이 전달한 소식에는 믿지 못할 이야기가 담겨 있었다.

마장의 출현이야 군사부에서 이미 확인한 사항이니 그렇다 쳐도 마장을 제외하고 추가로 시신 한 구와 포로 한 명. 그것은 확실히 예상 밖의 소식이었다.

마장의 출현과 그를 요격하기 위해 나선 신승, 그리고 두 구의 시체와 포로까지. 그 말이 전하는 바는 명확했다.

어떤 조력이 있었는지는 모르겠지만 신승이라는 애송이가 마장을 꺾고 마장의 방수까지 목을 취하는 승전보를 울렸다는 것이다.

'수뇌부에서도 수긍하는 분위기고.'

수뇌부는 구양비가 내뱉은 진상에 대한 호언(豪言)에 이미 수긍하는 분위기였다. 이달 또한 이미 그 이야기를 전해 들은 바, 굳이 이곳에서 실랑이를 하고 있을 필요가 없었다.

그럼에도 가슴에 남은 한 자락의 자존심이 마음을 불편하게 만들었다.

"되었다. 이미 진상 조사는 끝났고, 타격대가 움직였다. 그대들이 할 일은 손에 든 것을 놓고 쉬는 것뿐이야."

취풍개 이달의 장담에 고태강은 그제야 수하들에게 손짓해 손에 든 시신을 내려놓게 했다.

개방의 장로나 되는 사람이 말단 무사들을 붙잡고 거짓부렁을 할 리 없다는 판단에서이다. 시신이 땅에 놓이자마자 이달이 재빠르게 접근했다.

"확실하군."

마장 자광마륜 방일소의 시신이 분명했다. 그의 성명병기인 두 자루의 륜은 보이지 않았지만 그런 것은 아무래도 좋았다.

'이쪽은…….'

수라검대주 초일상. 역시 아는 얼굴이었다.

'괴물 같은 놈이었는데…….'

마장과는 다른 의미의 괴물이었다. 정확한 판단력과 뛰어난 지모로 압도적인 통솔력을 보여주던 인물. 그가 차가운 시신이 되었다는 것이 이달로서는 믿기지 않았다.

게다가 포로로 사로잡은 이는 더더욱 놀라움을 자아내게 했다.

"망혼대주까지… 신승이라는 애송이, 제법이군."

이달의 중얼거림을 들어서일까. 고태강은 그 말에 수긍하는 한편, 속으로 강하게 부정했다.

애송이라고? 아니다. 그는 애송이 따위가 아니었다. 이 넓고 커다란 맹회에서 마장의 무공을 받아낼 자가 몇이나 될까.

그런 법륜을 두고 애송이라고? 말도 안 되는 이야기였다. 무공이 떨어져도 알 수 있는 종류의 것이었다.

고태강과 청룡당 무사들의 따가운 시선이 느껴져서일까. 이달은 머쓱한 표정으로 크게 소리쳤다.

"시신을 인계하고 휴식을 취하라! 시신은 개방에서 인도하마! 그리고 살아 있는 저놈은 심문실로 옮겨라! 빼낼 것이 아주 많을 것이야!"

이달이 선언하자 몸을 숨기고 있던 개방도들이 움직이기 시작했다.

'실수했군.'

물러가는 청룡당 무사들을 보며 이달은 왠지 오늘의 실수가 두고두고 발목을 잡을 것 같다는 생각을 지울 수 없었다.

*　　　*　　　*

한편, 맹회의 정중앙에선 거친 고성이 오가고 있었다. 주제는 신승의 처우에 관한 것이었다. 갑작스레 맹회에 모습을 보인 신승.

맹회의 중심이나 다름없는 군사부에 쥐도 새도 모르게 왔다 간 것에 대한 논의였다.

신승이 맹회의 편에 선다면 강력한 전력이 될 것임이 분명함에도 이토록 고성이 오가는 이유. 구양비는 그 연유에 대해 듣자마자 고개를 내저을 수밖에 없었다.

'생존이 달린 문제에 그깟 자존심이 무슨……'

연유는 법륜이 건드린 맹회의 자존심에 있었다. 누가 봐도 압도적인 무공을 쌓은 인물이 소리 소문도 없이 다녀갔다. 맹회의 경비망에 구멍이 잔뜩 나 있다는 증거였다.

만약 다녀간 이가 신승이 아닌 천마신교의 주구였다면 아마 이 자리에 있는 이들 중 네댓 명은 앉아 있지 못했을 것이다.

두 번째는 예의에 관한 문제였다. 강호의 후배가 선배에게 인사를 건네는 것이 당연시되는 관례 속에서 법륜이 보인 행태는 고루한 뒷방 늙은이가 된 구파의 노도들에겐 용납할 수 없는 종류의 것이었다.

"그만."

고성이 계속해서 커져가자 회의실 중앙의 상석에 앉아 있던 노인이 입을 열었다. 꾹 다물려 있던 노인의 입이 열리자 회의실에 앉아 있던 모든 이의 입이 반대로 닫혀 버렸다.

"그 이야기는 차후에 하도록. 지금 중요한 것은 마장이다. 그자들은 강해. 신승으로서도 쉽게 승부를 점칠 수 없을 것이다. 군사, 움직인 타격대는?"

"정명단(正明團)이 움직였습니다."

구양비의 대답에 검선이 고개를 끄덕였다. 정명단이라면 수긍이 갔다. 맹회에 남아 있는 타격대 중 제일이니까.

용호단(龍虎團)이나 천붕단(天崩團) 정도는 되지 못하더라도 정명단이라면 충분히 신승을 조력할 수 있을 정도의 실력을 갖춘 곳이다.

'그런데… 믿음이 엄청나군. 게다가 상황 판단도 뛰어나. 구양백 그 친구가 자식 농사에 실패했다고 생각했는데…….'

구양비에 대한 평가였다. 탐나는 인재였다. 작금의 상황이 아니더라도 평시에 능히 군사의 임무를 수행할 수 있을 정도의 인물이었다.

'허나 불가능하겠지.'

한 세가의 가주라는 것은 그런 자리였다. 게다가 그 세가가 팔대세가씩이나 된다면 더더욱 그렇다.

검선이 잠시간 생각에 잠겨 있을 때, 밖이 소란스러워지며 악취가 풍겨왔다.

"맹주, 나 취풍개요."

문을 열고 이달이 들어서자 좌중의 안색이 잔뜩 찌푸려졌다. 취풍개의 악취는 그야말로 대단했다. 하나 검선은 인상 하나 찌푸리지 않은 채 취풍개 이달을 맞이했다.

"무슨 일이오, 취풍개 장로?"

"지원을 나간 청룡당 아이들이 소식을 전해왔소. 신승이라는 그 아이, 엄청나더군. 자광마륜 방일소, 그리고 수라검대주 초일상이 시신이 되어 들려 왔소. 거기에다 망혼대주 이순까지 포로로 잡혀왔소."

"어헛!"

"그런!"

이달이 세 사람이 죽거나 포로로 잡혀왔다는 이야기를 꺼내자마자 회의장이 삽시간에 소란스러워졌다. 그들로서도 전혀 예상하지 못한 소식이었다.

"확실한가?"

"물론이오. 내가 확인까지 다 했소."

"으음, 큰일이로군."

검선이 알 수 없는 의미의 말을 내뱉자 취풍개의 눈이 동그랗게 뜨였다.

"큰일?"

"정명단으로는 안 되겠군."

검선이 침중한 안색으로 중얼거리자 구양비와 취풍개 또한 얼굴이 굳어졌다. 이달은 정명단이라는 말을 듣자마자 돌아가는 상황을 짐작했다.

'좋지 않군. 만약 사라진 세 사람을 찾아 자광칠귀와 수라검대, 망혼대가 한꺼번에 움직인다면?'

가정이 머릿속을 떠다녔다.

"직접 가지. 확인도 한번 해보고 싶고."

"그러시게."

검선이 허락하자 취풍개는 자리를 박차고 나갔다. 구양비 또한 잠시간 갈피를 잡지 못했다.

하나 그는 스스로 해야 할 일을 아는 사람이었다. 판단을 내린 구양비는 스스럼없이 자리에서 일어났다.

"호법원을 움직이겠습니다. 경계를 강화하고 밖으로 나가 있는 타격대를 불러들이겠습니다."

취풍개 이달은 바람처럼 다리를 놀렸다. 개방의 자랑이자 유일의 보법이며 경신법인 취팔선보(醉八善步)가 대지를 수놓았다. 이달은 마음이 급했다.

'그놈들, 절대 가볍게 움직일 놈들이 아니지만…….'

한번 움직이면 폭풍처럼 움직인다. 이달이 바람처럼 몸을 날려 처음 법륜과 방일소가 격전을 벌인 지점에 도달하자 폭삭 주저앉은 전각들이 보였다.

'굉장하군.'

건물을 부수는 것 따위를 말함이 아니었다. 그 정도는 시간을 들인다면 수십, 수백 채도 부술 수 있었다. 이달이 감탄한 것은 진기의 흐름에 있었다.

나름 개방의 장로이다. 진기가 폭발하고 남긴 여파를 읽지 못할 리 없었다.

'이렇게 되면… 계획을 수정하는 것도 나쁘지 않겠다.'

처음 계획은 법륜을 피신시키는 것에 초점이 맞춰져 있었다. 하나 눈앞에 드러난 흔적이 예상을 한참 넘어섰다. 이렇게 되면 또 상황이 달라진다.

'일망타진(一網打盡).'

눈앞에 수라검대와 망혼대, 그리고 자광칠귀까지도 잡아낼 수 있는 계획이 손에 잡힐 듯 다가왔다.

맹회의 중심이나 다름없는 호북에서 타격대 두 개와 마장의 수신호위를 잡아낸다면 어렵기만 한 상황의 반전을 꾀할 수 있었다.

"흔적을 남기고 가야겠다."

이달은 그나마 멀쩡한 상태를 유지하고 있는 전각의 기둥에 맹회에서 사용하는 밀어를 적어나갔다. 인정하기 싫지만 구양세가의 꼬마는 제법 영리하고 시세를 읽을 줄 알았다.

타격대주가 죽었다는 소식을 듣자마자 새로운 판을 짜기 시작했을 테니 뒤따르는 이들이 밀어로 남긴 대로 움직여 주기만 한다면 적을 일망타진할 기회를 잡게 된다.

"좋아, 그럼."

밀어를 남긴 직후 이달은 계속해서 흔적을 따라 거슬러 올라갔다. 산길을 따라 이어진 흔적. 이달은 취팔선보를 십분 활용해 숲을 헤치고 나아갔다.

카아앙!

'금속성.'

멀지 않은 곳에서 격전이 벌어지고 있음이 분명했다. 그리 멀리 이동하지도 않았는데 이렇게 가깝게 금속성이 들린다는 것은 가까운 곳에서 사투를 벌이고 있다는 증거나 다름없었다.

이달은 숨을 크게 들이마셨다.

"후우우웁!"

그러곤 내뱉었다.

"흐아아아아아!"

개방의 또 다른 자랑. 소림의 사자후에 비견된다는 개방의 창룡후가 나무를 매질 삼아 메아리처럼 퍼져 나갔다.

'알아들었기를 바라야겠지.'

창룡후에 담긴 고성. 불가의 사자후만큼은 아니지만 선기를 가득 담은 일갈이었다. 신승이 그토록 대단하다면 개방의 창룡후를 알아듣고 적아를 구분할 수 있으리라.

이달은 그렇게 생각하며 진기를 잔뜩 끌어올린 채 앞으로 달려 나갔다.

"기다려라."

*　　　*　　　*

정명단의 단주 상관책은 기마에 묶인 창을 한번 쓰다듬었다.

그에게 기다림이란 참으로 미묘한 것이었다. 산동성 상관세가에서 나고 자란 그에게 기다림이란 이제껏 겪어본 적 없는 종류의 것이었다.

하나 맹회에서는 달랐다. 일상이 기다림이었다.

기다리고 또 명을 받아 움직이고. 그 행동을 무수히 반복했다. 평상시라면 지금의 기다림도 그리 나쁘지 않은 기분을 남겼을 테지만 오늘만큼은 달랐다.

"호법원은 아직인가."

그가 정도맹 산하 다섯 손가락 안에 꼽히는 타격대를 이끌면서도 아직 출발하지 못한 이유. 그것엔 갑작스럽게 내려온 군사부의 명에 의해서였다.

"아직 인원을 차출하는 것으로 보입니다. 저들로서는 어쩔 수 없겠지요."

부단주이자 동생인 상관혁의 말에 상관세가의 소가주 상관책은 보이지 않게 얼굴을 찌푸렸다.

이해는 갔다. 호법원이 맹회의 경비를 담당하고 있다 보니 너무 많은 인원을 뺐을 시 맹회의 방어에 차질이 생길지도 모른다는 첨언이니까.

"그래도 너무 늦는군."

맹회의 경비라. 상관책은 그처럼 부질없는 것이 또 있을까 하는 생각을 했다. 무인은 싸우기 위해 존재한다. 건물의 경비 따위는 아무래도 좋았다.

자신은 사람이 있으면, 무인이 칼을 들 의지만 있다면 어떻게든 싸울 수 있다고 믿는 사람이었다.

상관책이 불편한 기색을 드러내자 상관혁은 수하에게 다급한 손짓으로 새로운 소식이 있는지 알아보라 일렀다.

상관책은 등 뒤에서 일어나는 일들을 뒤돌아보지도 않고 전부 잡아냈다.

"되었다. 일각만 더 기다린다."

"네, 형님."

상관혁은 가문의 기대주인 상관책이 조급해하는 이유를 알 것 같았다. 산동과 하남은 멀고도 가까운 곳이다. 소문이란 하루에 천 리를 가고도 남는다.

일신의 무력에 대단한 자신감을 지닌 상관책이 법륜의 위명을 듣지 못했을 리 없었다. 아마도 호승심이 치솟아 몸이 근질거리는 거겠지.

'허나 신승이 아무리 대단하다고는 해도…….'

후기지수이다. 혹자는 이미 후기지수의 수준을 아득히 넘어서 천하제일의 자리를 위협한다고 말하지만, 법륜을 직접 본 적이 없는 상관혁으로선 믿기 어려운 이야기였다. 혹 그 수준을 넘어섰다 해도 상관없었다.

소가주 상관책 또한 그 수준을 아득히 넘어선바, 법륜의 위명이 사실이라면 좋은 호적수가 될 수 있을 것이라 생각했다.

"옵니다!"

상관혁이 막 상념에서 빠져나올 때쯤 수하의 목소리가 귓가에 들려왔다. 뒤를 돌아보니 호법원 소속의 무인 열 명이 복잡한 표정으로 정명단을 향해 다가오고 있었다.

"호법원 소속 곽전입니다."

"원주 직속 일조장이라……."

상관책은 곽전을 바라보며 턱을 쓰다듬었다. 곽전은 고수였다.

비록 자신의 수준에는 미치지 못하지만 호법원에서도 다섯 손가락 안에 꼽히는 고수이다. 그런 고수를 선뜻 내어줬다니 쉽게 믿기 어려웠다.

'다른 의도가 있는가.'

상관책의 고민이 얼굴에 묻어나서일까. 곽전은 어색한 표정으로 상관책을 향해 입을 열었다.

"다른 꿍꿍이는 없소. 단지……."

곽전은 부끄럽다는 얼굴로 상관책의 얼굴을 바라보았다.

"단지?"

"원주께서 체면치레라고 하시더군요."

"그렇군."

알 만했다. 법륜이 아무런 제약 없이 맹회에 드나듦으로써 호법원의 체면이 말이 아니게 되었다.

이런 때에 초강수를 둔다면 엇나간 여론을 조금이나마 돌릴 수 있을 게 분명했다.

하지만 그것은 어디까지나 호법원의 사정. 한시라도 빨리 법륜을 보고자 하는 상관책에겐 하등 상관없는 이야기였다.

"출발하지."

정명단과 호법원이 법륜을 향해 나아갔다. 기마를 이용해 움직이는 정명단은 확실히 빨랐다.

개방의 장로가 펼치는 취팔선보에 못지않은 속도였다. 더 놀라운 것은 호법원의 무공이었다. 상관책은 준마(駿馬)의 속도에 뒤처지지 않고 나란히 달리는 곽전을 바라보며 호법원에 대한 평가를 다시 한번 수정했다.

'쉽게 볼 수 없겠군. 역시 구파인가.'

지금이야 맹회의 이름 아래 한데 뭉쳐 있지만, 맹회에 소속된 이들은 언제고 흩어질 수 있는 이익 집단이었다.

언제, 어디서, 어떻게 만나 부딪칠지 알 수 없는 일이었다. 상관책은 그런 곽전을 보며 미미한 기파를 흘려냈다.

곽전 또한 놀라기는 마찬가지였다. 기마를 타고 이동하니 사람의 걸음보다 빠른 것이야 당연했다.

하지만 이렇게 일사불란하게 한 사람의 명령에 의해 한 몸처럼 움직이는 것은 분명 다른 일이다. 군사훈련이라도 받았는지 잘 훈련된 기병대를 보는 것 같았다.

고작 한두 달. 휘하의 무인들을 휘어잡고 이렇게까지 훈련시킨 것을 보면 단주인 상관책이 얼마나 뛰어난 장악력을 지니고 있는지 알 수 있다.

'게다가…….'

은근하게 흘러나오는 기세. 아주 오래전부터 맹회에 파견을 나와 있던 화산파의 직계제자인 자신도 몸을 부르르 떨게 만들 정도의 기세에 곽전은 솜털이 곤두서는 느낌이 들었다.

'이사형, 여기 당신과 비견되는 이가 또 있구려.'

언젠가 느껴본 박탈감. 그가 맹회로 파견 나가기를 희망한 이유. 그런 무시무시한 괴물이 여기에 또 있었다.

둘의 기 싸움이 생각보다 길어서였을까. 기마의 속도와 호법원 소속 무인들의 이동 속도는 계속해서 빨라졌다.

"저기 흔적이 보입니다!"

"멈춰라!"

상관책이 손을 들자 최고 속력으로 이동하던 이들이 단번에 멈춰 섰다.

"확인하라. 개방의 장로께서 먼저 지나가셨으니 분명 뭔가를 남기셨을 것이다."

"이쪽도 취풍개 장로께서 남기신 것을 찾는 것에 합류한다."

상관책과 곽전이 동시에 입을 열자 정명단과 호법원의 무인들이 일사불란하게 흩어져 흔적을 찾기 시작했다.

"찾았습니다!"

정명단의 무인 하나가 전각의 기둥을 가리키자 상관책과 곽전이 재빨리 다가섰다.

마장과 타격대주 둘이 사라졌으니 후속 병력이 투입될 가능성 농후. 정명단은 우회하여 퇴로를 차단, 그 외의 병력은 남긴 흔적을 따라 합류.

“이건…….”

곽전이 조그맣게 중얼거리자 상관책 또한 미미하게 고개를 끄덕였다.

“어쩔 수 없군. 이쪽에서 갈라지지. 우리는 산을 우회해 퇴로를 차단하겠다. 그럼.”

제 할 말만 하고 사라지는 상관책을 보며 곽전은 기분이 상했지만 그대로 고개를 끄덕였다. 이쪽은 이쪽대로 할 일만 처리하면 그만이라는 생각이 불쑥 차올랐기 때문이리라.

“그럼 무운을.”

그렇게 갈라진 두 집단 정명단과 호법원은 각자의 길을 향해 나아갔다.

* * *

그 시각.

“좋지 않군.”

법륜은 지금의 상황이 불만족스럽다는 듯 혀를 찼다. 조비영 또한 그 말에 동의하는지 말없이 고개만 끄덕였다.

처음 수라검대를 향해 금검포신탄과 염라주를 터뜨렸을 때만 해도 법륜과 조비영은 자신감에 차 있었다. 단 한 발씩이지만 천하에서도 수위를 다투는 위력.

일거에 적들을 소탕할 수는 없어도 충분한 위협이 되리라 생각했다.

하지만 실상은 예상과 정반대였다. 금검의 포탄과 염라주에 살아남은 수라검대의 무인들과 망혼대, 그리고 자광칠귀라는 적들은 법륜과 조비영이 내비친 위협에 꿈쩍도 하지 않았다.

"내가 이쪽을 맡지. 가능하겠나?"

법륜은 똑같은 복장의 일곱 무인을 바라보며 조비영에게 물었다. 나머지 인원을 전부 상대할 수 있겠냐는 물음이다.

"버텨보지."

"그럼."

버텨본다. 그 말은 달리 말하면 전부 잡아낼 자신이 없다는 것과 다름없었다.

조비영을 뒤에 둔 채 한 걸음 앞으로 나섰다. 법륜은 시간이라도 끌어줘야 승산이 올라간다고 판단했다.

"시작하기 전에 통성명이나 하지. 이쪽은 법륜이다."

"그딴 것은 알 필요 없다."

칠귀의 몸에서 자광이 스멀스멀 올라왔다.

"네놈들처럼 몸에서 보랏빛을 띠는 놈이 하나 있었다. 그 놈도 똑같은 말을 하더군. 그리고 어찌 되었는지 아는가?"

"……."

"죽었다. 네놈들의 운명도 그리 다를 것 같지는 않군."

법륜의 도발에 일귀(一鬼)의 눈썹이 꿈틀거렸다. 똑같은 보랏빛. 자신들의 주군인 자광마륜 방일소를 뜻함이리라. 그가 죽었다는 말에 일귀의 입에서 고함성이 터져 나왔다.

"쳐랏!"

칠귀가 동시에 움직였다. 하나하나 따져보자면 그리 수준이 높지는 않았다. 하지만 일곱이 한 몸처럼 움직이는 것은 확실히 위협적이었다.

'생각보다 더 위험하겠군.'

방일소가 부리던 륜은 이성을 지닌 신병이었지만 고작 두 자루였다. 하지만 칠귀가 부리는 륜은 도합 열네 개.

전후좌우, 대각(對角)을 가리지 않고 방위를 점한 채 륜을 뿌려냈다. 법륜은 불광벽파를 일으켜 혹시 모를 공격에 대비한 채 몸을 움직였다. 그리고 그때,

"흐아아아아아!"

숲을 뚫고 알 수 없는 고성이 천지를 때려댔다. 소림의 사

자후만큼은 아니지만 선기가 가득 담긴 일갈. 법륜은 머지않은 곳에 원군이 도달했음을 직감했다.

그 사실을 알아챈 것은 칠귀와 망혼대도 마찬가지였는지 빠르게 상황을 정리하기 위해 쏜살같이 움직였다. 다시 한번 격전이 시작되었다.

취풍개 이달은 창룡후를 내지른 후 빠르게 수풀을 헤치고 전진했다. 격전의 소음이 이전보다 더 크고 명확하게 들려왔다. 격전의 흔적은 점차 도시에서 산으로 옮겨가고 있었다.

'안쪽으로 유인했다.'

이달은 법륜이라는 애송이의 마음가짐이 마음에 들었다.

마장과 타격대주를 상대로 상당한 손해를 보았을 것이 분명한 이가 죄 없는 사람들이 휘말릴까 우려해 인적이 드문 산속으로 적을 끌어들이다니.

"생각보다 더 괜찮은 놈이로군."

이달이 마지막 수풀을 헤치고 나아가자 공터가 한눈에 들어왔다. 공터는 그야말로 한편의 지옥도나 다름없었다. 이달은 공터에 들어서며 다시 한번 창룡후를 내질렀다.

"개방의 취풍개가 왔다아아앗!"

쩌렁쩌렁 울리는 늙수그레한 음성이 천지를 뒤흔들었다. 이달은 망설임 없이 난전 속으로 몸을 밀어 넣었다.

"애송이, 조금만 더 버텨라!"

이달은 인간의 장벽을 계속해서 밀어내며 상황을 주시했다.

흩어진 육편 조각 사이로 검붉은 옷들이 보였다. 수라검대는 이미 산산조각이 나서 형체를 알아보기 힘들 지경이었다.

'망혼대, 그리고 자광칠귀인가? 수라검대는… 이미 전멸한 모양이군.'

냉철한 주인이 없으니 꼴이 말이 아니다. 수라검대를 비롯해 망혼대, 자광칠귀 모두 이전의 전장에서 몇 번이고 부딪쳐 본 상대였다. 그들의 강력함은 그 누구보다도 취풍개 이달 본인이 제일 잘 알고 있었다. 그런데…….

'호각지세.'

이달은 칠귀와 법륜이 부딪치는 모습을 보며 급박한 상황임에도 입을 떡 벌릴 수밖에 없었다. 힘이 빠졌는지 압도적이라고 할 수는 없었지만 결코 밀리지 않았다.

만약 법륜이 자광마륜을 상대하지 않고 칠귀를 맞닥뜨렸다면 승부라고 부르기에도 민망할 지경이었을 것이 분명했다.

'차라리 잘되었다. 여기서 적의 수를 줄일 수 있다면…….'

그야말로 최상의 결과였다. 앞으로 적의 머릿수를 줄이는 것을 떠나서 사기를 진작시키고 전세를 역전시킬 수 있는 발

판을 마련할 수 있었다.

"망혼대 쪽에 가세하겠다! 조금만 더 버텨라, 신승!"

이달의 손에서 개방의 상징이나 다름없는 강룡십팔장이 쏟아져 나왔다.

강맹하지만 동시에 음유로운 기운. 이달의 쌍장이 망혼대를 상대하는 조비영의 틈으로 비집고 들어가 여유를 만들었다.

"고맙소, 늙은 거지!"

"이놈이!"

조비영의 막 나가는 언사에 이달이 인상을 찌푸렸지만 손을 뺄 틈이 없었다.

그 또한 조비영이 저렇게 완전히 물러날 것은 상정하지 못했는지 당황한 와중에 손이 어지러워지기 시작했다.

"조금만 시간을 끌어주시오."

약간의 여유가 생기자 조비영은 수라검을 고쳐 쥐고 뒤로 물러나 전열을 정비했다.

마장과 타격대주를 상대하면서 소모한 진기를 보충하기 위함이다. 호흡이 점진적으로 가라앉자 조비영은 수라검을 뻗어 이달을 겨냥했다.

'한 번에 끝낸다.'

수라검의 검극에 다시 한번 금빛 구체가 두둥실 떠올랐다.

그러곤 천지사방에 존재하는 기운을 끌어들였다. 굉음이 나며 검극 앞에 멈춰 선 강환이 맹렬하게 회전했다.

[거지 양반, 내가 신호하면 최대한 뒤로 빠지시오.]

이달은 난전 속에서 들려오는 조비영의 전음에 그를 힐끗 바라보고는 미미하게 고개를 끄덕였다.

망혼대의 무인들은 갑작스럽게 끼어든 늙은 거지를 먼저 처치하기로 합의를 봤는지 뒤로 물러선 조비영에겐 완전히 신경을 끈 상태였다.

이달은 가볍게 고개를 끄덕였다.

이달은 조비영의 갑작스러운 이탈에 어려운 상황으로 몰리면서도 선기를 놓치지 않았다. 개방의 장로라는 직위가 그저 연배에 따라 주어진 것이 아님을 증명하듯이.

"차앗!"

취풍개는 강룡십팔장과 취팔선보를 십분 발휘해 유리한 고지를 만들어 나갔다. 한편, 망혼대의 무인들은 계속해서 이달을 몰아붙였다.

하나 오십 명이 넘는 무인들이, 그것도 정예 타격대가 작정하고 달려들자 이달의 행색은 안 그래도 거지꼴인데 더 거지 같이 변해갔다.

누더기 옷에 조금씩 피가 맺히기 시작하자 조바심이 났다.

'아직이냐.'

이달은 뒤를 돌아볼 새도 없이 망혼대의 공격을 막아내며 속으로 되뇌었다.

이제 얼마 남지 않았다. 오십 명이 뿜어내는 압력은 아무리 개방의 장로라고 해도 쉽게 이겨내기 힘겨웠다. 그럼에도 조비영은 절대 움직이지 않았다.

'조금만 더.'

단 한 번의 기회. 최대한 많은 숫자를 줄여놔야 눈앞의 거지도, 자신도, 그리고 법륜도 살 수 있었다.

조비영의 검극에 맺힌 강환이 금방이라도 터질 것처럼 부풀어 올랐다. 막대한 기의 구체를 잡아두는 한계까지 도달한 것이다.

"지금!"

조비영은 천천히, 하지만 간결하게 수라검을 망혼대의 틈으로 밀어 넣었다. 조비영이 빨리 빠지라고 재차 외치기도 전에 이달은 몸을 빼고 있었다.

고작 일이 분 사이에 전신에 새겨진 상처만 수십 개가 넘었다. 취팔선보로 몸을 뺀 이달은 천천히 나아가는 금검의 포탄을 바라봤다.

'이놈이나 저놈이나 죄 괴물뿐이군.'

진기의 흐름을 미리 읽고 몸을 빼긴 했지만 그래도 저것은 상상 이상이다. 아득히도 높은 경지를 보여준다. 이달은 착잡

한 심경으로 강환의 폭발을 지켜봤다.

"부족하다, 거지! 힘을 보태!"

금검포신탄이 터져 나가는 와중에 들려온 외침이다. 이달은 조비영의 외침에 재빨리 반응했다.

급히 쌍장을 들어 올려 강룡십팔장을 진기가 바닥을 보일 때까지 연달아 갈겨댔다.

파아아아아!

콰카카캇!

두 번의 폭음과 함께 나무들이 뿌리째 뽑혀 치솟았다. 이달과 조비영은 나란히 선 채 소매로 얼굴을 가리며 상황을 지켜봤다. 흙먼지가 가라앉자 상황이 적나라하게 드러났다.

"모자랐어!"

자리에 서 있는 무인은 대략 이십여 명. 작정하고 먹인 공격에도 반절 가까이 살아남았다. 생각한 것보다 많은 수였다.

"거지 양반, 시간을 좀 끌어줄 수 있겠나?"

"얼마나 필요하지?"

"일각."

"으음……."

어려운 일이었다. 오십 명을 상대로 한순간 수세에 몰려 도망쳤다. 절반이라고는 하지만 이쪽은 진기도 모조리 소모한 상태. 가능할 리 없었다. 하나 취풍개는 결연한 표정으로 앞으로 나섰다.

"해보지."

비록 상황이 어려웠지만 해내야 했다. 조비영은 취풍개의 대답을 듣자마자 제자리에 주저앉아 운기를 시작했다. 운기를 하기 좋은 장소가 아님에도 어쩔 수 없는 선택이었다.

"조금만 버텨다오, 늙은 몸뚱이야."

이달이 앞으로 나서는 그때,

"그럴 필요 없습니다, 장로님."

매화꽃 냄새가 널리 퍼지며 열 명의 무인이 등장했다. 맹회의 호법원, 그들이 도달한 것이다. 이달은 다리가 풀려 저도 모르게 뒤로 물러났다.

"호법원 일조장 곽전입니다. 잠시만 기다리시지요."

이달이 물러난 그 틈으로 매화가 만개했다. 하나 떨어지는 꽃잎 사이로 그의 뇌리엔 살았다는 안도감보다 한 가지 생각밖에 남지 않았다.

'새 시대가 오는가.'

* * *

한편, 법륜은 자광칠귀를 상대로 분전을 펼치고 있었다.

자신만만하게 일갈을 내지른 것에 비한다면 상황은 그리 낙관적이지 못했다.

'합이 잘 맞는군.'

합뿐만이 아니었다. 지닌 바 무공도 전부 절정을 상회했다. 게다가 허공을 누비는 륜. 방일소의 것만큼은 아니지만 충분히 위협적이었다. 능히 방일소의 친위부대라 부를 만했다.

법륜이 막 허공을 밟고 칠귀의 륜을 따돌렸을 때, 늙은 거지 하나가 장내로 난입했다.

'개방! 역시 아까 그 고성은 창룡후였나.'

호재였다. 개방의 인물을 확인하는 순간 법륜의 몸놀림에 여유가 생기기 시작했다.

칠귀 또한 그제야 이곳이 정도맹의 영역이라는 것을 깨달았는지 얼굴을 굳히고는 빠르게 몰아치기 시작했다.

"사귀부터 칠귀까지 후방을 노려라! 내가 전면, 이귀, 삼귀가 측면이다! 전력을 다한다!"

일귀의 명령에 따라 사귀부터 칠귀까지 네 명의 귀신이 법륜의 후방으로 빠졌다.

법륜은 사귀가 빠진 틈을 타 일귀에게 일권을 찔러 넣었다. 하나 법륜의 일격은 측면으로 빠진 이귀와 삼귀가 둘러친 벽에 의해 가로막혔다.

'마륜벽.'

자광마륜 방일소의 성명절기가 똑같은 모습으로 법륜을 가로막았다. 법륜은 마륜벽을 단번에 깨뜨리기엔 진기가 부족함을 깨닫고 다시 한번 허공을 밟고 도약했다.

"어딜!"

전면부에 있던 일귀가 쌍륜을 크게 휘둘렀다. 전진이 막히자 법륜은 허공에서 공중제비를 돌아 제자리에 안착했다. 그 틈을 노렸음인가.

뒤로 빠진 네 명의 귀신이 법륜의 등, 일점을 노리고 륜을 찔러 넣었다.

'이런!'

서거걱!

서걱!

불광벽파로 최대한 방어했음에도 등에 두 줄기 상처가 생기는 것을 어찌할 수 없었다. 완벽에 가까운 합격진. 전력을 다한다는 말이 결코 거짓이 아니었음이 드러났다.

법륜은 상황이 불리해지자 흘끗 조비영을 돌아봤다.

'금검포신탄, 또 한 번 쓸 셈이군.'

조비영의 무공이 얼마나 강력한지 잘 아는 법륜으로선 반가운 일이었으나, 상황이 그리 좋지 못했다. 이미 많은 진기를 소모한 상태. 아쉽지만 몸을 빼야 할 상황이었다.

'그럼 이쪽도 큰 걸로 간다.'

법륜은 금강령주를 쥐어짜 염라주를 만들었다. 백팔 개에 미치지 못하는 숫자, 그리고 현저히 작아진 강환의 크기가 법륜이 얼마나 수세에 몰렸는지를 단적으로 보여줬다.

'저쪽에 맞춰서 몸을 뺀다.'

퍼어어어어!

콰카카캇!

금검포신탄과 강룡십팔장이 동시에 터지자 법륜은 손에 든 염라주를 몸 주변으로 흩뿌렸다. 크기가 작아졌어도 강환은 강환.

등 뒤에서 울리는 갑작스러운 폭발에다 눈앞에서 강환이 터져 나가자 칠귀 중 무공에 떨어지는 셋이 폭발에 휘말렸다.

'지금!'

법륜은 강환의 폭발력에 뒤로 비척비척 물러나는 사귀를 향해 몸을 던졌다. 일점 격파. 천공고가 사귀의 가슴에 틀어박혀 굉음을 냈다.

뿌드득!

완벽한 함몰. 사귀의 숨이 턱 하고 끊어졌다.

'다음은.'

육귀와 칠귀였다. 법륜은 조비영 쪽으로 몸을 빼면서 오른손에 마관포를 장전했다. 마관포가 빛살처럼 날았다.

'터뜨린다.'

퍼어억!

옆에 서 있던 육귀의 머리가 터지자 칠귀는 저도 모르게 뒷걸음질을 쳤다.

이어지는 일격은 평범한 수도. 법륜의 수도가 칠귀의 천령개로 떨어지자 수박이 쪼개지듯 일거에 박살이 나버렸다.

그야말로 순식간에 벌어진 일. 단번에 세 명의 형제를 잃은 일귀가 광분하기 시작했다.

법륜은 일귀와 근접박투를 주고받으며 계속해서 뒤로 물러났다. 그때 일귀의 머리 위로 한 송이 매화가 피어났다. 이귀는 그 광경을 놓치지 않았다.

허공에 륜을 던져 기화(氣花)를 밀어낸 이귀가 크게 소리쳤다.

"안 됩니다, 형님! 정도맹이 왔습니다! 빠져야 해요!"

"이익!"

일귀는 법륜을 향해 륜을 크게 휘두른 뒤 뒤로 물러났다. 분노가 가슴을 잠식했지만 머리만큼은 어서 물러나야 한다고 외치고 있었다.

"이 원수는 잊지 않겠다."

결국 일귀는 패배자들이나 입에 담을 법한 말을 주워섬기고는 도주했다. 법륜은 더 쫓고 싶어도 쫓을 힘이 없어 가만히 선 채로 호흡을 누그러뜨렸다.

"됐다."

어떻게든 살았다. 법륜이 호흡을 가다듬고 있을 때, 호법원의 정복을 입은 무인이 성큼 다가섰다.

"이쪽은 정리가 끝났으니 이만 맹회로 돌아갑시다, 신승."

호법원의 무인 곽전이었다.

"저쪽을 쫓는 것이 좋을 텐데."

곽전은 법륜의 우려 섞인 말에 싱긋 웃음 지었다.

"걱정하지 않으셔도 됩니다. 저쪽은 저보다 더 무서운 이가 가 있으니 말입니다."

"무서운 자라니?"

"그런 것이 있습니다."

곽전은 법륜을 안심시키며 앞으로 한 걸음 나섰다.

"허나 이대로 보내주기엔 호법원의 체면이 말이 아니겠지. 거기 수장으로 보이는 자, 목을 내놓고 가야겠다."

일귀는 곽전의 호언에 코웃음을 쳤다. 호법원이라 했다. 천마신교에선 좌우호법을 제외하곤 경비 일이나 하는 무인들이다.

호법원의 무인 따위가 앞길을 막다니, 일귀는 단번에 곽전의 멱을 끊고 달려 나갈 수 있음을 의심치 않았다.

"차핫!"

일귀의 손에 들린 륜이 곽전의 목을 노리고 떨어졌다.

채애앵!

금속성이 튀며 륜이 허무하게 튕겨 나갔다. 게다가 상대는 검을 뽑지도 않았다. 그저 손으로 튕겨냈다.

일귀는 그제야 호법원의 무사라 칭한 이의 허리춤에 달린 검을 보았다. 검봉의 끝에 달린 수실이 흩날리는데 어쩐지 눈에 익었다.

'여기서 시간을 끌어선 안 돼.'

"길을 열겠다! 도주하라!"

일귀는 멀리 떨어진 망혼대의 무인들에게 들릴 만큼 큰 소리로 외쳤다.

전쟁의 와중, 한 번도 맞닥뜨려 본 적 없는 호법원의 무인들이 이 자리에 나타난 것은 상당히 의외였다.

'도대체 무슨 일이 벌어지고 있는가.'

천마신교와 정도맹의 전선은 넓게 펼쳐져 있었다. 중원 전역에 걸쳐 병력이 포진되어 있다고 해도 좋을 만큼 복잡하고 어지러운 상황이었다. 그런 상황에서 출몰한 호법원의 경우 엄청난 의외일 수밖에 없었다.

'게다가 저 수공(手功), 어디서 많이 본 것 같은데.'

"생각이 많은 얼굴이로군요."

곽전은 일귀의 앞으로 나서며 매화검을 끌러냈다.

"화산의 제자……!"

일귀의 안색이 급변했다. 익숙함의 근거가 어디에서 왔는지 명확하게 깨달은 얼굴이다.

'오늘 여기서 뼈를 묻겠군.'

화산의 원한은 깊고도 깊었다. 화산에서 몇 달 전 벌어진 참변은 화산의 영혼에 불을 질렀다.

화산의 제자들은 천마신교라 하면 찢어 죽이고 싶어 할 정도로 독랄하게 변했다.

"그렇게 심각한 얼굴을 할 필요 없습니다. 저는 난신과는 그리 관계가 깊지 않으니까요."

"관계가 깊지 않다?"

일귀는 호법원 무인의 말에 아연한 얼굴로 변했다. 난신과 관계가 없다면서 저 서릿발처럼 차가운 표정이라니. 곽전은 매화검을 들어 일귀를 가리켰다.

한 번이라도 실수를 한다면 단번에 꿰뚫릴 것만 같은 예기가 뿜어져 나왔다.

"허나 변하지 않는 것도 있지요. 화산이 그대들이 적이라는 겁니다. 나는 화산의 일대제자 곽전, 당신의 목을 베겠습니다."

곽전은 그 말을 끝으로 막강한 압력을 쏟아냈다. 법륜은 곽전의 뒤에서 그 기세를 온몸으로 느끼며 묘한 감상에 빠져

들고 있었다.

'확실히… 백청학과는 달라.'

백청학은 유(柔)의 극점을 찍은 무인이었다. 겉으로 보기에 강력함보다 부드러움이 더 돋보이는 사내.

일견 보기에 경박해 보이기까지 하는 모습은 화산의 정신과는 상당히 다른 면모를 보였다. 반면 곽전이라는 사내는 어떠한가.

그는 화산 그 자체의 모습을 보였다. 화산이 품고자 하는 영혼의 모습 그대로다.

어떤 것이 둘의 차이를 만들었는지 법륜으로선 알 수 없었다. 하나 법륜의 감상과는 별개로 곽전과 일귀의 전투는 그대로 시작됐다.

"젠장!"

선공은 일귀가 했다. 급한 쪽이 먼저 움직였다. 형제 중 셋을 잃었고, 수라검대와 망혼대는 거의 전멸하다시피 했다. 신교로 돌아간다고 해도 이전과 같은 지위와 권세를 누릴 가능성은 전무했다.

그럼에도 일귀가 이토록 분전하는 이유는 단 하나였다.

'알려야 해.'

마장과 타격대주의 죽음은 그리 가벼운 것이 아니었다. 중원 침공의 선봉에 선 만큼 많은 권한과 책임을 부여받았다.

최고 지휘관 중 하나인 마장이 쓰러졌으니 신교에서 파견된 무인이 아닌 외부에서 영입한 외당의 무인들은 극심한 혼란에 빠질 것이다.

그 혼란을 막기 위해서라도 일귀는 살아야 했다. 그래야 현재 유리한 전선을 끌고 나갈 수 있으므로. 일귀는 그 사실을 잘 알기에 혼신의 힘을 다했다.

일귀의 륜은 방일소의 것만큼은 못했지만 웬만한 무인들에겐 통할 정도로 강력했다.

아무리 구파의 제자라도 어중이떠중이라면 단번에 나가떨어질 만한 일격을 연달아 펼쳤다. 하나 곽전은 확실히 달랐다.

'내가 비록 이사형을 피해 하산하긴 했지만…….'

무공 자체를 포기한 것은 아니었다. 아니, 오히려 더 매달렸다. 무공은 그의 인생 자체였다. 처음엔 검으로 사형인 백청학을 꺾을 수 없다는 생각에 절망해 사로잡혔다.

'검이 아닌 잡기에 시간을 쏟았지.'

그것들을 피를 토해가며 익혔다. 하나 화산의 무공은 비록 검공이 아니더라도 잡기라 칭할 만한 것들이 아니었다. 권장지각.

그 무공들은 확실히 곽전의 밑거름이 되었고, 그 후에 다시 검을 잡았을 때 그는 완전히 다른 사람이 되어 있었다.

'지금처럼!'

이십사수매화검법이 현란하게 펼쳐졌다. 화산이 추구하는 완벽한 환검(幻劍). 백청학의 검공보다도 더 화산다운 검이었다.

차아아악!

일귀의 팔이 허공에 떨어졌다.

"크아아악!"

일귀는 떨어져 나간 어깨를 반대편 팔로 부여잡았다. 익숙하지 않은 고통이 전신을 관통했다. 일귀는 쏟아지는 핏물을 받아내며 고통에 찬 얼굴로 외쳤다.

"여기는 내가 막는다! 뒤도 돌아보지 말고 달려! 지휘는 이귀가 맡는다!"

일귀의 외침에 남은 삼귀(三鬼)와 망혼대의 생존자들이 공포에 질린 얼굴로 도주하기 시작했다.

천마신교의 도당이 도주함에도 곽전의 얼굴은 평온했다. 어디 해볼 테면 해보라는 얼굴이었다. 법륜이 의아한 얼굴로 묻자 곽전은 간단하게 대꾸했다.

"쫓지 않아도 괜찮은가?"

"괜찮습니다. 아까 말씀드렸지요. 저보다 더 무서운 자가 갔다고. 걱정 않으셔도 됩니다. 그보다……."

곽전은 한 걸음 앞으로 나서며 다시 한번 매화검을 움직였다.

"이쪽은 끝장을 봐야겠지."

좌아아악!

일귀의 팔 하나가 또 떨어져 나갔다. 이번엔 반응할 틈도 없었다. 엄청난 쾌검이었다.

'백청학의 속도에 미치지는 못하겠지만…….'

그래도 동년배 중에선 받아낼 자가 몇 없을 것 같은 움직임이었다. 전통의 강호 구파. 법륜은 오늘 구파의 저력을 다시 한번 들여다본 기분이었다.

*　　　*　　　*

"젠장! 형님이!"

이귀는 살아남은 무인들을 이끌면서도 계속해서 뒤를 돌아보며 울분에 찬 음성을 내뱉었다. 자광칠귀라 하면 그야말로 공포의 대명사나 다름없었다.

마장인 방일소의 위세가 대단해 호가호위한 것도 분명 사실이지만, 그 누구도 자광칠귀를 무시하지 못했다.

'헌데 이런 꼴이라니.'

이귀의 얼굴이 흉신악살처럼 일그러졌다.

"형님, 지금은 다른 것을 생각할 때가 아니오. 일단 빠져나가는 것만 생각합시다."

"……."

이귀는 삼귀의 침착함을 가장한 조언에 저도 모르게 입술을 꾹 다물었다. 그 누구보다 일귀를 따르던 삼귀이다.

그 분함을 모르지 않으니 더는 할 말이 없는 것이다.

"앞으로 얼마나 더 가야 하지?"

"일주일은 내리 달려야 합니다."

이귀의 물음에 삼귀가 침통한 어조로 답했다. 일주일. 절정고수가 일주일을 내리 달리면 엄청난 거리를 이동한다. 준마를 매일 바꿔 타고 달리는 것과 비견될 만한 속도.

"일주일이라……."

이귀의 침중한 어조가 땅에 파묻힐 것처럼 들릴 때쯤,

"일주일? 너희는 오늘까지만 달릴 것이다."

이귀와 일행 앞에 한 마리의 군마(軍馬)가 떡하니 서 있었다. 군마 위의 한 사람. 그의 손에 들린 삼 장 정도 되어 보이는 기다란 장창 끝에 매달린 깃발이 나부끼고 있었다.

정명(正明).

이귀의 안색이 썩어들어 갔다. 정명단. 정도맹에서도 손꼽히는 타격대다.

"아무래도 여기에서 뼈를 묻어야겠다."

"아직 포기하기엔 이릅니다. 적은 한 명이에요."

"……."

이귀는 삼귀의 얼굴을 물끄러미 돌아봤다. 정말 제정신으로 하는 말이냐고 묻고 싶었지만, 삼귀의 얼굴을 보는 순간 이귀는 할 말을 잃어버렸다.

삼귀는 알고 있었다. 정명이라는 깃발을 본 순간, 그의 얼굴 또한 자신의 얼굴만큼 썩어들어 가고 있다는 것을.

'그래, 지금은… 그거라도 필요하겠지.'

삼귀의 생각과 표정을 읽은 이귀가 손을 번쩍 치켜들었다.

"망혼대! 적은 하나다! 뚫고 나간다!"

이귀가 패잔병들을 이끌고 달려 나가자 군마 위에 선 한 사람, 상관책은 콧방귀를 뀌며 장창을 겨눴다. 목표는 이귀의 가슴.

"얌전히 죽어주면 좋았을 것을."

퍼어어어어억!

언제 움직였는지도 알 수 없는 속도였다. 이귀가 피거품을 쏟아내며 창에 꿰뚫렸다. 삼귀는 가슴이 단번에 터져 나간 이귀의 시신을 보며 악을 썼다.

"죽여!"

후우웅!

삼귀의 륜이 허무하게 빗나갔다. 기다란 장창을 다루는 데도 물 흐르듯 자연스럽다. 지금 다루고 있는 것이 장창임이 믿기지 않을 정도의 속도와 유연함이었다. 하나 삼귀가 처음부터 노린 것은 기마였다. 손에 든 륜을 놓아버린 채 전력을 다해 기마를 두드렸다.

"성가시게 하는군."

펄럭!

상관책이 장창을 휘돌리자 창에 달려 있던 깃발이 삼귀의 몸을 휘감았다.

"크흡?"

삼귀를 휘감은 상관책은 장창을 그대로 든 채 허리춤에 찬 단창을 꺼내 들어 내려쳤다. 가죽 북을 두들기는 소리가 났다.

창끝에 매달려 있던 삼귀의 몸이 부서지는 소리였다. 깃발에 휘감긴 삼귀의 움직임이 완전히 멎자 상관책은 장창을 휘둘러 삼귀의 시체를 풀어냈다.

"다음."

명부(冥府)의 사신(死神)이 이럴진가. 삼귀의 허무한 죽음을 지켜보던 오귀는 떨려오는 다리에 힘을 줄 여력이 없었다. 뒤에서 지켜보던 망혼대도 마찬가지였다. 완전하게 얼어붙어 버렸다.

"오지 않는가?"

상관책이 탄 기마가 발굽을 치켜들었다.

"그렇다면 내가 가지."

퍼어어억!

그가 내지른 일격에 주저하던 망혼대의 두 사람이 꿰뚫렸다. 상관책은 기마의 힘과 내력을 이용해 창을 그대로 들어 올렸다.

창에 꿰뚫린 시신이 창대를 타고 주르륵 흘러내렸다. 섬뜩한 미소가 상관책의 입가에 머물렀다.

창에 감긴 정명(正明)이라는 이름과는 완벽하게 상반된 모습. 그의 얼굴엔 일견 즐거움마저 보였다.

"너희들은 여기서 모두 죽는다."

마교의 마인보다도 더 마인에 가까운 존재. 상관책의 창이 허공을 꿰뚫고, 육신을 꿰뚫고, 땅마저 꿰뚫었다.

취풍개 이달은 상황이 종료되자마자 직접 몸을 움직였다. 그가 직접 나선 일은 조각난 시신을 한데 모으는 것이었다.

맹의 장로가 손수 움직이니 호법원의 무인들 또한 나서지 않을 수가 없었다.

"장로님, 저희가 하겠습니다. 그만하시지요."

"이 노구가 아직 죽지 않았어. 움직이면 써먹어야지. 더는 말하지 말게."

곽전이 아무리 만류해도 이달의 의지를 꺾을 수는 없었다.

시신을 한데 모으니 작은 동산만큼 쌓였다. 이달은 시신을 모아놓고 곡을 하기 시작했다.

적막한 산속에 구슬픈 곡소리가 울리자 법륜을 비롯해 곽전 또한 합장을 하며 예를 올렸다.

비록 적으로 만났으나 망자에 대한 최소한의 예의를 갖춘 것이다. 이윽고 곡을 멈춘 이달이 법륜과 곽전을 돌아보며 입을 열었다.

"이상하게 보이겠지. 목숨을 걸고 싸웠는데 거지 같지만 장례도 치러주니. 허나 이 거지가 비록 빌어먹고 살았어도 잊지 않는 것이 하나 있다. 인간은 올 때나 갈 때나 빈손이라는 것이야. 빈손으로 떠나는 길이니 이 정도 예는 보여야 하지 않겠나."

이달의 침중한 어조에 법륜과 곽전이 고개를 끄덕였다.

"불을 놓게."

이달의 명에 호법원 소속 무인 하나가 화섭자를 꺼내 불을 붙였다. 시신이 불에 타며 매캐한 냄새가 풍겼다. 법륜은 불타오르는 시신들을 보며 그간 잊고 지낸 감정을 떠올렸다.

'연민(憐憫).'

나는 왜 무공을 익혔는가. 법륜은 묘하게 끓어오르는 감정을 누그러뜨렸다. 그 답을 말하자면 눈에 보였기 때문이리라. 그리고 천하창생을 위해, 고통받는 민초를 위해 사용하라고 배웠다. 하나 그것만으로는 설명할 수 없는 감정이 전신을 지배했다.

무공을 연마하고 높은 경지에 오르는 것. 어느새 법륜이 지닌 욕망은 단지 그것 하나만이 남았다.

'후회하는가.'

법륜은 머릿속을 떠다니는 상념의 조각 속에서 답하지 못할 답을 궁구했다. 그 마음가짐을 잊지 않으면 그만이건만 그의 손에는 피가 마를 날이 없었다.

'아니, 이제 와서 후회하기에는 너무 늦었어.'

이달은 침중한 얼굴로 생각에 잠긴 법륜을 보며 흐뭇한 미소를 지었다. 무공이 경지에 오르고 절대지경을 밟으면 사람이 변한다.

그것은 변하지 않는 진리였다. 아마도 더 높은 곳에 오르기 위해 많은 것을 끊어냈기 때문이리라.

"좋은 얼굴이다."

"예?"

곽전이 의아한 얼굴로 이달을 바라보자 이달은 눈짓으로 법륜을 가리켰다.

"저 친구 좀 보게. 직접 보니 소문이 과장되기는커녕 오히려 모자라군. 저기 가부좌를 틀고 앉아 있는 친구도 마찬가지고."

"그런데요?"

"그 누구도 닿지 못할 곳에 올랐으나 변하지 않는다. 그것은 말처럼 쉬운 일이 아닐세. 자네는 화산의 제자이니 그것이 얼마나 힘든지 잘 알겠지. 화산의 노도들이 나이가 들고 도를 깨달아갈수록 어떻게 변하는지."

"아……!"

곽전은 화산 구중심처에 자리하고 있는 사조들을 떠올렸다. 그들은 한마디로 인간 같지 않았다. 무언가 결여된 듯 무감각한 이들.

하나 법륜은 달랐다. 무공, 그리고 깨달음과는 별개로 타인의 불행에 아파하고 고통스러워했다. 적으로 맞섰으나 그들의 죽음에 괴로워했다.

그것이 법륜과 화산 노도들의 차이였다.

"그래서 좋은 얼굴이라는 뜻일세."

"그렇… 군요."

곽전은 법륜과 같은 선상에 놓인 이사형 백청학을 떠올렸다. 그가 경지에 오른 연유 또한 아주 사소했지만 지금에 와서는 아무도 그를 부정하거나 무시하지 않는다. 곽전은 왜인지 모를 박탈감에 말을 더듬었다.

"저는… 그리 생각하지 않습니다."

어느새 다가온 법륜이 잔뜩 굳은 얼굴로 이달의 말을 부정했다. 법륜은 상당히 지친 얼굴이었다. 격전의 피로감보다도 방금 전 마음속을 헤집고 사라진 감정이 더 큰 피로감을 주는 것 같았다.

"어째서 그렇게 생각하나?"

"그러기엔 상황이 너무 좋지 않으니까요."

"으음……."

이달은 법륜이 말하고자 하는 바를 명확하게 이해했다. 지금은 전시이다. 그리고 적은 지금껏 겪어본 어떤 이들보다도 강했다.

아무리 부정하고자 해도 사람을 잘 죽이는 놈이 성공할 수밖에 없는 시기였다.

"그것과는 다른 문제일세."

"아니요. 같은 문제입니다. 여유를 부리며 뒤돌아볼 시간이 없습니다."

이달은 고개를 내저었다.

"내 나이가 이제 칠십이 조금 넘었다네. 자네가 산 시간보다 두 배를 넘게 살았으니 늙은이의 조언이라 생각하고 귀담아듣게. 어차피 다 사람이 사는 일일세. 기쁨과 행복도, 후회도, 원망도 모두 사람이 짊어지고 가야 할 일이야."

"……."

"그러니 조급해하지 말게. 무공보다도 사람을 먼저 생각하게. 그러면 그 끝이 지금 느끼는 감정과는 많이 다를 터이니."

"그렇습니까."

"늙은 거지의 말이 맞다."

어느새 진기를 회복한 조비영이 자리에 앉은 채 법륜을 바라보고 있었다. 조비영은 이달에게 고개를 한번 숙였다. 위급한 상황에서 도움을 받은 것에 대한 감사 표시였다.

"황실에는 온갖 종류의 사람이 있지. 강호가 복마전이라고 말하지만 황실은 더해. 눈을 뜨고 볼 수 없을 지경이다. 그런데도… 황실에는 사람 사는 냄새가 난다. 온갖 탐욕과 기이한 열정이 공존하는 곳이지. 최고의 지위에 오른 오군도독도, 학문으로 경지에 이르렀다는 대학사도 똑같다. 그들도 똑같은 사람이고 너와 같은 고민을 한다. 이상한 일은 아니야. 허나 명심하라. 인간의 마음을 잃은 자들의 끝은 그리 좋지 않았음을."

"그런가."

법륜은 반쯤은 그런가 하는 얼굴로, 반쯤은 놀랐다는 얼굴로 조비영을 바라봤다. 그가 이렇게 말을 길게 하는 것을 본 적이 없는 까닭이다.

그리고 그때, 법륜 일행을 향해 땅을 울리며 다가오는 소리가 있었다.

두두두두!

선두에 선 사내의 창에는 피에 절은 깃발이 나부끼고 있었다. 이달은 피에 젖었음에도 그들이 누구인지 단번에 알아봤다. 군마를 타고 내달리는 집단. 정도맹에선 정명단뿐이었다.

"허, 정명단이로군."

이달은 곽전이 말한 무서운 자들이 누구였는지 깨달았다. 그리고 저도 모르게 고개를 끄덕였다. 정명단이라면 그럴 만했다. 철갑으로 둘러친 장창 기마부대. 압도적인 파괴력으로 적을 짓밟는 정도맹의 선봉이다.

"재미있는 이야기들을 하는군. 헌데 그럴 실력은 되나 모르겠다."

정명단주 상관책은 기마를 멈춰 세우며 법륜과 조비영을 보며 읊조렸다. 그리 큰 소리로 떠들지 않았음에도 그들이 나눈 대화 내용을 전부 들었다는 듯 태연하기 그지없다.

'기마가 땅을 울리는 소리를 뚫고 들었다고?'

곽전은 그 사실에 경악했으나 내색하지는 않았다. 자신은 불가능해도 이사형이라면 가능했을 테니까. 그리고 백청학이 가능하다는 것은 법륜도, 조비영도 가능하단 소리였다.

'같은 과로군. 이 남자.'

상관책은 말이 없는 일행을 둘러보며 쓴소리를 내뱉었다.

"쓸데없는 짓을 했다. 적에게 장례라니, 사치도 이런 사치가 없군."

"정명단주, 말을 삼가시게."

이달이 엄중히 경고했음에도 상관책은 빈정거림을 멈추지 않았다. 기실 그는 상당히 화가 난 상태였다. 퇴로를 차단하며 적을 소탕하면서도 계속해서 뇌리에 떠돌던 생각.

'패잔병에 잔챙이들.'

언제나 더 높은 경지를 바라보고 정진해 온 상관책에게 패잔병 소탕은 성에 차지 않는 임무였다. 반면 법륜과 조비영은 갑작스럽게 등장한 상관책을 보며 긴장감을 곤두세웠다.

'상당하군.'

법륜의 감상이었으며,

'호각지세.'

조비영의 느낌이었다.

"재미있는 눈들이다. 뽑아버리기 전에 치우도록."

상관책 또한 몸의 털이 곤두서는 느낌에 법륜과 조비영을 향해 경고했다. 이달은 이상하게 흘러가는 분위기를 단번에 깨뜨렸다.

"셋 다 그만하게. 지금 아군끼리 싸우자는 이야기인가?"

"아군?"

상관책은 법륜을 보며 긴장감을 억누른 채 입을 열었다.

"집주인 허락도 없이 마음대로 드나드는 자가 아군이오?

집주인은 제 맘대로 들락날락한 자가 상당히 마음에 안 드는 눈치던데."

법륜은 상관책이 말하고자 하는 바를 알았다. 기실 입이 열 개라도 할 말이 없는 일이었다. 하나 법륜이 느낀 것은 그저그런 텃세가 아니었다. 무에 대한 호승심. 상관책이라는 남자에게선 오로지 무에 대한 갈망만이 느껴졌다.

"재미있군. 그것은 내 잘못이 맞다. 허나 그것은 검선과 나눌 이야기. 제삼자가 관여할 일이 아니다. 그보다 조금 더 솔직해지는 것이 어떠한가?"

"……."

"솔직해져?"

상관책이 법륜의 말에 굳게 입을 다물자 상관혁이 앞으로 나섰다. 상관책과 같은 피를 나눈 상관혁으로선 한 번도 경험해 보지 못한, 상관책이 곤란한 기색을 띠는 것 같아 나선 것이다.

"그대는?"

"상관혁이다."

"같은 가문인 모양이군. 말 그대로다. 붙어보고 싶으면 덤벼라. 하지만 목숨은 장담할 수 없을 것이다."

"이 새끼가!"

"그만."

상관혁이 창을 뽑아 들려 하자 상관책이 손을 들어 상관혁을 제지했다. 상관책의 얼굴은 지금까지의 무감각한 얼굴과는 대조적으로 단단하게 굳어 있었다. 법륜이 정곡을 찌른 것이다.

"좋다, 붙어보자. 허나 지금은 때가 아닌 것 같군. 몸을 회복하라. 차륜전으로 벨 생각은 없으니. 가자."

상관책은 맹의 장로인 이달이 있음에도 고개 한 번 돌리지 않고 기마대를 이끌고 달려 나갔다. 멀어져 가는 그의 몸에서 무시무시한 분노가 느껴졌다.

"쯧쯧, 괜찮겠나?"

이달이 걱정스럽다는 듯 법륜에게 묻자 법륜 대신 조비영이 입을 열었다.

"괜찮소. 열 번 싸우면 열 번 다 이길 테니."

법륜에 대한 확고한 믿음이다. 조비영의 단호한 어조에 이달이 눈을 동그랗게 떴다. 상관책은 용호단주인 천중도(天重刀)에 비견될 만큼 엄청난 무인이었다. 그런 그를 상대로 십 전 전승을 장담하니 그저 놀라울 따름이었다.

"그보다 저희도 이만 돌아가는 것이 어떻겠습니까?"

우두커니 서 있는 시간이 길어지자 곽전이 참지 못하고 입을 열었다. 이달 또한 곽전의 말에 속으로 동의했다. 간만의 승전보다. 그것도 엄청난 대승. 소수 정예의 무인으로 적을 일망타진했다. 말하지 않아도 맹에 앉아 있는 능구렁이들 몸이 달았을 게다.

"그러지. 자네들은 어찌할 텐가? 상황이 불편하다면 내 먼저 가서 자리를 마련해 둠세."

"괜찮습니다. 함께 가시지요. 맹주와 할 이야기도 있으니."

"그런가?"

이달은 법륜이 검선과 나눌 이야기가 무엇인지 궁금했지만 굳이 묻지 않았다. 때가 되면 자연스럽게 알게 될 터. 곽전 또한 이달의 속뜻을 알아챘는지 굳게 입을 다물었다.

"가세."

법륜은 이달과 곽전의 안내에 따라 움직였다.

신승의 참전과 대승. 하나 승리가 가져다준 달콤한 과실은 그리 오래가지 못했다. 십만대산에서 이변이 일어났고, 상황은 급변했다.

『불영야차』 9권에 계속…

초대형 24시 만화방

신간 100%, 샤워실, 흡연실, 수면실(침대석), 커플석, 세탁기 완비

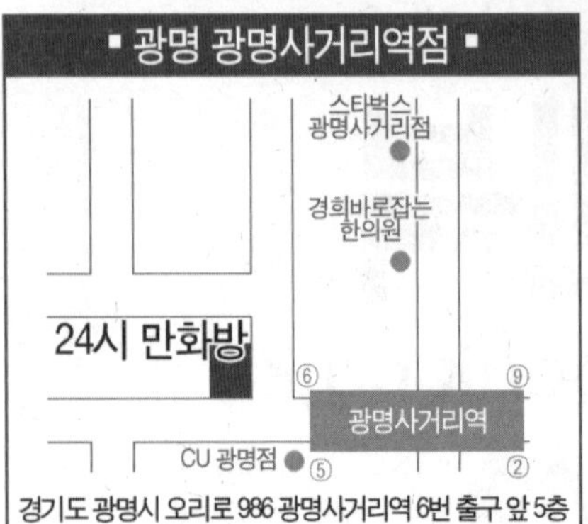

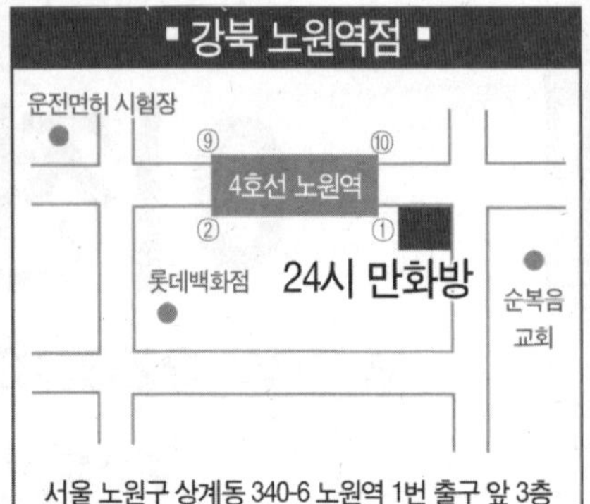

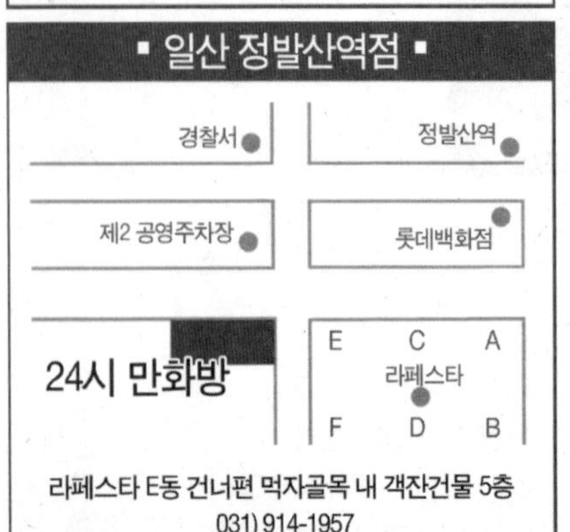

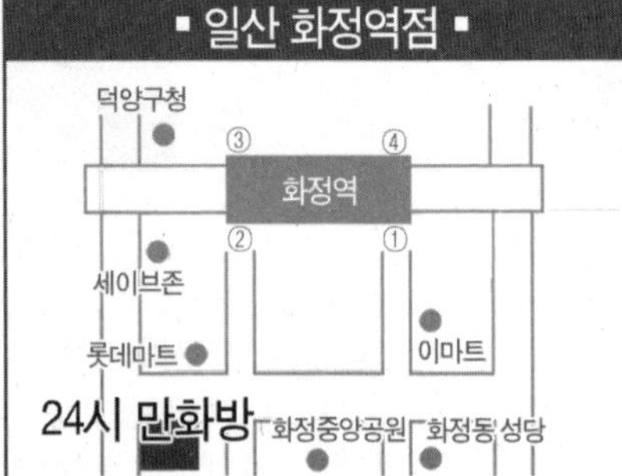

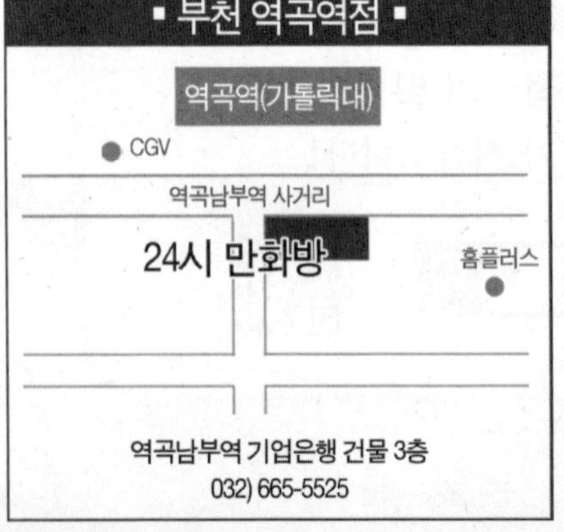

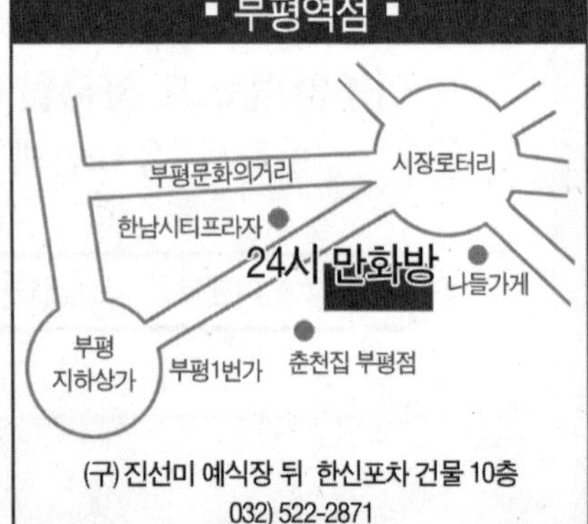